U0918833

[加]西顿/著 何 江/译

感动世界的动物故事

图书在版编目（CIP）数据

感动世界的动物故事／（加）西顿著，何江译．—西安：陕西师范大学出版社，2004.6
ISBN 7-5613-3032-4

Ⅰ．感… Ⅱ．①西… ②何… Ⅲ．短篇小说—作品集—加拿大—现代 Ⅳ．I711．45

中国版本图书馆CIP数据核字（2004）第055287号

图书代号：SK4N0632

感动世界的动物故事
作　　者：西　顿
翻　　译：何　江
责任编辑：周　宏
特约编辑：杨　珊
装帧设计：大灰狼工作室
出版发行：陕西师范大学出版社
（西安市陕西师大120信箱　邮编：710062）
印　　刷：北京汇元统一印刷有限公司
开　　本：640×960　1/16
印　　张：15.5
版　　次：2004年7月第1版
印　　次：2004年7月第1次印刷
ISBN 7-5613-3032-4/G・2095
定　　价：24.00元

目录

终于到了泉水边，他迫不及待地弯下身去捧水喝，突然发现水边潮湿的泥地上有一些动物的脚印。那些脚印那么明显地印在泥地上，神秘而又美丽，是杨从来没有见过的脚印。

公鹿的脚印

“沙丘”并非丘陵，而是个人迹罕至的森林地带。炎热的夏季里，空气仿佛随时都会擦出火一般，燠热难忍。被烈日晒得隐隐冒烟的浊水洼，在森林里的草地上随处可见。

这天，本地的小伙子杨，在森林里追捕小鸟跑得口干舌燥，于是气喘吁吁地前往有泉水的地方。他知道，在这一带附近，只有这片“沙丘”才能喝到冰凉洁净的水。

终于到了泉水边，他迫不及待地弯下身去捧水喝，突然发现水边潮湿的泥地上有一些动物的脚印。那些脚印那么明显地印在泥地上，神秘而又美丽，是杨从来没有见过的脚印。兴奋使得他听到自己的心脏在扑通狂跳，因为他认出，那正是野鹿的足迹。

当然，他回去的第一件事就是向在这一带开垦的前辈们说，他找到野鹿的脚印了。可那些前辈们一脸的冷漠，看着他说：“年轻人，你一定是看错了，这边的山丘早就已经没有鹿了。”

时间快得就像人们的记忆，没多久，杨就把这件事忘了。直到这年的初冬，刚刚飘起雪花的时候，他才又想起那个夏日里在泉水边的泥地上发现的脚印。突然间一种自信充溢了他的全身，于是他取下墙上的枪，自言自语地说：“我相信我没有看错！从今天起，我每天都要到山中去找，直到捕到一只鹿为止！”

他是个二十左右、身材高大的青年。虽然还不是出色的猎人，却拥有无穷的精力和强劲的双脚，可以不知疲倦地翻山越岭，浑身散发着一股不认输的精神。

从那天起，杨坚持不懈地每天上山寻鹿，数日下来，他已经在白雪遍布的森林里搜寻了几十公里，却连一点野鹿的痕迹也没有发现。于是，每个夜晚，他都带着无比失望的心情回到居住的小屋。

即便如此，他也并没有打消捕鹿的念头，不服输的念头鼓励着他，依然执著地每天冒着严寒上山搜寻。一天，他朝南面的山涧走了很久，踏破铁鞋无觅处，终于发现雪地上有动物遗留下的脚印向前延伸而去。杨兴奋得差点叫出声来，细细一想，这脚印虽已模糊，但它确实就是那些野鹿所留下的足迹。

起初的脚印异常模糊，杨无法判断鹿是往哪个方向跑去的，直到脚印渐渐清晰，认出较尖的一端——即脚尖所朝的方向，这才确定了它们离开的方向。

同时，根据父辈们传授的经验，他发现那些脚印中前脚与后脚的距离时常变化，而脚印越到山坡越窄，而在没有雪的沙地上，又露出明显的脚印。所有的这些使他更相信自己的判断——那就是他曾经发现过的野鹿的脚印！

于是，他顺着脚印，在这片无边无际的苍茫山林间飞奔起来。眼前的脚印越来越明显，杨的热血也在沸腾，全身都因兴奋而发烫，头发也随着奔跑一根根竖了起来。

就这样，一整天他都在追踪那些脚印。直到傍晚时分，他渐渐发现那些脚印改变了方向，竟然朝着他家的方向延伸而去。最后，进入幽深繁茂的白杨树林里。由于天色已暗，杨再也看不清脚印了，只好不甘心地暂时停止追踪。他察看了一下四周的环境，估计这个地方距离自己的小屋只不过十多公里。果然，一个小时后他就回到家了。

第二天早晨，杨又来到昨天停下的地方，想继续追踪。谁知昨天的脚印还只有一道，今天却多了好几道新的，错综

交杂在一起，使杨不知道到底该追哪一道才是。

他在附近走动察看，终于发现其中两道显得特别清晰。认定了这个目标，杨又开始执著地追踪下去。

他全神贯注地跟着眼前的痕迹一心一意地前进，丝毫没有留意到自己正一步步地走近树林。当他感觉到踏入树林时，不禁大吃一惊。前面突然跳出两只耳朵很大的灰色动物，它们一直跑到离他五十米远的土堤上才停下，回头看着他。

就这样，它们侧着身子，双眼凝视着杨，一动不动。一瞬间，杨被那温柔的眼光迷惑住了，好像那眼光正在爱抚着自己。

很快，杨就已看清楚那些动物。那不正是长久以来，他日夜所渴望猎获的野鹿吗？照理说，他那么狂热和不畏艰难地追寻它们，肯定不愿错过这个千载难逢的机会。可是此刻，在那种温柔的注视下，以前那种一心渴望拥有它们的心情早已消失得无影无踪。这时他的脸上，只剩下惊讶和赞叹的神情。

他在无意识中发出了赞美的叹息：“啊！……”

站在前方注视着他的那两只鹿，这时回头跑了两三步，转眼间就跑到了比较平坦的地方，开始互相追逐起来，仿佛根本无视他的存在。

让他惊讶的是，眼前的这种生灵只需将蹄轻轻触一触地面，就能跃到两米半的空中。那姿势，就仿佛一种没有翅膀的飞翔。

他被那轻盈可爱的灰色动物给深深吸引住了，静静地站在原地出神。两只鹿在那里自在地戏耍着，一点恐慌的样子都没有。杨知道，鹿如果要想逃跑的话，一定会仓皇又迅速，可是奇怪的是，它们看上去并没有这个打算。两只鹿一次比一次跳得高，姿势是那么优美，腾跃在半空中时，身体后背的白色长毛被风拂动，真像一只没有翅膀的鸟，飞翔在幽静的山谷间。终于，鹿的表演结束，轻盈无声地离去。杨就这么一声不响地注视着整个过程，丝毫没有举枪射击的念头。

直到两只鹿的影子完全消失，杨才从走神中惊醒，走近它们刚才戏耍的地方，察看它们留下的脚印。起初，他只发现第一个脚印，却找不到第二个。最后，他才吃惊地发现，第二个脚印竟然在五米之外。

从留下第二个脚印的地方再寻找其他的脚印，它们相距更远了，有些相距七八米，有些甚至远达十米。

真不可思议！这些鹿似乎并不是在走，而是在跳，并且每次落下时，只用那美丽的蹄子轻轻触一触地面。

杨又禁不住开始喃喃自语了："真是逃得好！逃得妙！今天总算大开眼界了，让我看到这么奇妙的事情。这里的人以前肯定没有见过这种景象，否则他们一定会告诉我一切，就像我今天所看到的一样。"

第2章

第二天，杨已经完全从昨天的恍惚中脱离出来，开始在心里嘀咕着："我还要上山寻找野鹿的脚印，像狼一样再次追赶它们，和它们斗斗智慧与耐力，看看是它们跑得快，还是我的枪法准。"

站在绵延起伏的山丘上，举眼望去是一望无际的美丽景色。湖泊、森林、草原，到处都充满着生命的活力。杨似乎也受到了感染，浑身充满了蓬勃的朝气。

“现在就是我一生中最快乐的日子，它像黄金般闪烁着辉煌的光芒，照亮了我的人生。”

的确，在往后的岁月里，当杨经历了许多不同的遭遇后，更印证了这一段“黄金时光”是他永远无法忘怀的珍贵记忆。

一整天，杨都像狼一般迈开大步在森林里走着，惊动了不少躲在草丛中的野兔和歇在树林中的鸟儿。杨对这些丝毫也不关心，只是一心一意地边走边寻找野鹿留下的脚印。那些脚印就像写在雪地上的文字，可以告诉人们许多秘密。这是世界上最古老的文字，对于追寻它们的人而言，它们比珍贵的埃及文字更有趣、更令人兴奋。

纷飞飘落的雪花，像是故意伙同野鹿来阻止杨的追踪，它几乎覆盖了所有可能被追寻到的痕迹。第二天，杨依然在山林间逡巡寻找，跟前一天一样，他仍然一无所获。

就这样，好几个星期眨眼间过去，杨已经不记得自己走过了多少波浪似的丘陵。离家越来越远，他开始在冰冷的雪地上过夜。有时，他也会发现一些断断续续的脚印，只是机会不多，仅仅像奇迹般的一两次而已。甚至，他也曾看到过野鹿的影子轻盈地从山丘上跃过，但也每次都是瞬间就消失

无踪。

传说中有人曾在靠近木材厂的森林里看到过公鹿。杨也看到过那只公鹿遗留下来的脚印，但却从来没有发现过它的踪影。于是，杨打算仔细搜索那个木材厂附近的几条路，一旦发现公鹿，就用枪向它射击。可是渐渐的，他连举枪瞄准的机会也失去了。因为在一连串空手而归的失败之后，一年之中的打猎季节也随之过去了。

但是，那是一次愉快的失败。对于杨而言，他并非一无所获。在那一次与野鹿的巧遇中，他得到了无法比拟的幸福和乐趣。

第3章

一年已过，又是打猎的季节。猎鹿的念头此时在杨的大脑中再度兴起。因为他对那只公鹿的传说早已着了迷，还等不及打猎的季节真正来临，他就已经准备出发了。

因为那只巨大的公鹿曾经在远处的沙丘上歇息，人们将它命名为“沙丘公鹿”。看过这只公鹿的人，经常绘声绘色地向旁人述说着它有多大，跑起来有多神速。故事里还说，它有一对像皇冠那样美丽的角，乍看上去，就像用青铜雕刻而成，尖尖的角上闪烁着迷人的象牙般的光亮。

一旦大雪纷飞，地面上将会留下公鹿踏过的足迹。杨跟着几个伙伴一起打猎，他那热切的心情无形中也感染了同伴，大伙儿驾着雪橇来到史布尔斯冈，约好傍晚时分在原地集合后，就各自分散捕猎去了。

史布尔斯冈附近有许多森林，无数的野兔和雷鸟在那里生息。在这个捕猎的季节，空气中四处飘荡着猎枪射击后的火药味，却看不见丝毫公鹿留下的痕迹。杨只好悄悄地走出森林，独自向着甘乃迪平原走去，他想，美丽的公鹿或许会在那里出现 。

走了大约五公里远，杨突然看到了公鹿留下的脚印。哦，根据那脚印来看，它的体型一定很大，否则这脚印怎么会大得出奇？杨心里猜想着，立刻意识到那一定是“沙丘公鹿”的脚印。想到这里，他的精神突然兴奋起来，浑身充满了活力，开始像狼一样地向前追踪而去。

追踪，追踪，不停地追踪。到了傍晚时分，他才想起与伙伴约定集合的事，然而这里已经距离史布尔斯冈很远了。

杨沉思了一会儿，想着即使立刻动身，大概也要太阳下山后才能回到史布尔斯冈，那时同伴们一定早已离去了，既然如此，又何必在乎这个约定呢？此刻的他满心认为，即使没有别人的帮忙，他也能像钢铁和猎狗一样坚强地在雪地里行动。

对于年轻力壮的杨来说，步行十公里跟别人走一公里没什么区别。他可以一整天不停地翻山越岭，晚上回到家后，仍然精力充沛。在他那种年龄，浑身的力量好像永远用不完似

的 。

果然，那些同伴们如杨所料，约定的时间一过，便各自驾着雪橇回去了。归途中，他们多少也为杨独自一个人跋涉回家感到不安。但他们绝对没有想到的是，在这风雪交加的山中，杨正享受着一种从未有过的喜悦。

风雪虽然强烈得像要将人吞噬似的，但在杨健康强壮的身体里，却燃烧着旺盛的火焰。是啊！那天傍晚，甘乃迪平原呈现出一派壮丽的景象：白色的雪地映着红霞，远处的那片白杨树林仿佛也被点燃了似的，闪着红色的金光。这时，在渐渐暗下来的森林里独自漫步，该是何等的惬意美妙啊！不知不觉中，黄澄澄的月亮已经升上半空，将杨的影子投射在雪白反光的地面上。夜色，正渐渐地浓起来。

在这空旷无人的山林中，杨像唱歌似的自语道："跟从前相比，现在才是我一生中最快乐的时刻啊，它正像黄金一般闪烁着美丽的光芒……"

这天深夜，他步行回到了史布尔斯冈，对着山林喊了一声："你们还在吗？"

当然，不会有人回应，大地一片沉寂。杨凝神细听，终于，从甘乃迪平原那边传来微弱的狼嗥，呜呜的声音在空气中回荡着，仿佛一种歌唱。根据狩猎以来的经验，杨听得出来，那是狼群在围捕猎物时相互呼应的叫声。渐渐地，声音越来越清楚，也越来越激昂。

杨禁不住模仿它们叫了一声，马上，从黑暗无边的四周传来了更多的应和声。杨这才意识到：原来它们所窥伺追踪的猎物不是别的什么，就是他啊。

在这么寒冷的天气，想要爬上树去避开狼群的威胁是不可能的。于是他索性走到草地中央，在洒满月光的雪地上坐了下来。那把又黑又亮的枪被他紧紧握在手中，皮带上那排整齐的子弹在月光下也闪烁着森严的光芒。此刻的杨面临生死关头，必须保持高度的警戒心。但同时，他的内心又交织着一股前所未有的、不可思议的感受。

狼群的嗥叫慢慢接近了，那是一种深沉而有节奏的叫声。到了森林边缘，那些声音突然停止。四下静悄悄的一片，月光将大地映照得有如白昼般光亮。杨知道，它们只能躲在森林的暗处，监视着他的一举一动，静静地等待下手的好时机。

一阵可怕的静寂过后，突然从他的右边发出小树枝“啪啦”折断的清脆响声。接着，从左边又传来低低的“呜呜”声，然后什么都没发生，随即一切又恢复静寂。但是杨可以感觉到，那些狼正悄悄地向自己接近，可能就躲在不远处的树林里窥视着他。于是，他更加凝神贯注，准备一有什么风吹草动，立即开枪

射击。然而，时间一分一秒地过去，他什么也没看到。

无疑，狼跟杨都很机警聪明。杨知道，自己现在一旦逃走，一定会立即遭到狼群的围攻；同时，那些狼也知道，没有十拿九稳的把握，它们不可以轻举妄动。因为它们所要面对的，不仅仅是一只简单的动物，而是一个有思想的人。

就这样，一群狼和一个人对峙着。过了不久，它们大概已经意识到杨是不好惹的，经过一番“商量”，纷纷离去了，就像它们来时一样。

杨很有耐心，又静静地等了二十多分钟，确定狼群已经走远，这才站起身来，慢慢地踏上归途。他边走边想着：“唉，现在我才真正体会到，那些野鹿就像我刚才一样，整日提心吊胆、防备天敌随时从后面突袭。它们听到走近的脚步声或猎枪上膛的‘喀嚓’声时，那感受估计跟我刚刚是一模一样吧！”

随后的日子里，杨仍然坚持不懈地每天外出打猎，对史布尔斯冈这一带的地势也摸得更加清楚了。现在，只要发觉地上有一点痕迹，哪怕再细微模糊，他也能很快地做出判断，并且毫不放松地追踪下去。

当然，在他永不停止的追踪过程中，有时候，他也会发现“沙丘公鹿”的脚印。

第4章

这天，大地依旧铺满着厚厚的积雪，杨穿过高大的枞树林继续追踪那只公鹿的脚印。沿途，山雀在欢声歌唱，这一切都意味着：春天又要到了，打猎的季节已近尾声。

杨遇到了一位樵夫，樵夫对他说：“昨天夜里，我在森林中看到了两只漂亮的野鹿，一只是母的，另一只是很大很大的公鹿，头上还顶着像鸟巢一样的大角……”

杨听到这些，兴奋地想亲身去看个究竟，于是跑到樵夫所说的地方。果然，地上有好些鹿的脚印，有的似曾相识，很像以前在泉水旁的泥地上见过的，而有的却显得特别大。是的，那一定是沙丘公鹿的脚印。

在杨心中潜藏了一整个冬天的渴望，重新又被激发起来。于是，他穿过重重的森林，翻越无数个山丘，一路跟随公鹿的脚印追寻下去。

长久以来，杨已经总结出了一套跟踪公鹿的经验。在不停地追踪公鹿脚印的过程中，他终于发现脚印与脚印间的距离并不很远，看来，公鹿似乎并没有尽全力跳跃。对于尾随而至的杨而言，这是多么难得的好机会啊！

到了下午，地上的脚印更加明显了。为了减轻身上的重量，加快进程，杨把一些不需要的东西扔掉，开始沿着野鹿走过的痕迹，像蛇一样，匍匐前进，以免不小心惊动了那些敏感的动物。

“这两只鹿过了这么长的冬季才出现，八成是出来寻找食物的。”杨暗自揣度着。

就这样，经过锲而不舍的长途追踪后，杨果然在草原和树林的边缘，发现有什么东西在微微晃动着。

说不定是鸟窝。杨静静地观察着，凝神屏息。不久，在灰色的树林中，他看到类似粗圆木般的灰色东西，顶端是两支粗粗的、树枝般的角。哦！它的耳朵随着树枝般的角一起缓慢地移动。杨的身体禁不住颤抖起来——啊，那正是沙丘公鹿！

多么高贵而充满活力的姿态啊！杨简直觉得自己看到的是最尊贵、最崇高的国王。它穿着毛皮衣裳、戴着美丽的皇

冠……

“眼下这头美丽的动物丝毫没有察觉到危险，如果我就此射杀它，岂不犯下了大罪吗？但是，这么久以来的艰辛奔波，不就是为了要猎捕它吗？现在机会来了，怎么能轻易放过呢？”杨的内心翻涌挣扎着，最后，他终于明白了自己所扮演的角色，自己只是个猎人。于是，他鼓足了勇气，端起枪向公鹿瞄准。

然而，枪却似乎不听他的使唤，枪口不住地左摇右晃。杨的呼吸杂乱不堪，喉咙好像被什么东西塞住似的无法喘息。到底该不该扣下扳机？他心慌意乱，拿不定主意。

为了让自己冷静一点，他暂时把枪放在了雪地上，两只手止不住地颤抖。过了一会儿，他好不容易才恢复了镇定，又开始举枪瞄准。就在这时，那只美丽的公鹿开始用眼睛、耳朵、鼻子不断地向四周看看、听听、嗅嗅，终于，它面朝着杨的方向停了下来。

传说中有一位国王，在没有携带武器的微服出访途中遭人袭击。国王盯着那拿着刀子的人，从容不迫地说："你有杀我的勇气吗？"

刺客面对国王威严镇定的神情，终于胆怯而退。

此刻的杨就像那个刺客一样，当那只梦寐以求的公鹿真正面对着他时，他竟像看到国王般，不停地发抖……最后，潜藏在杨心里的兽性战胜了一切，枪响了。

第一枪瞄得太低，子弹打在公鹿面前的雪地里。公鹿受惊了，惊慌地一跃而起，母鹿随之也出现了。他对着猎物再次射击，却依旧落空。那两只鹿开始逃跑了。还没等他开第三枪，它们已经像风一样，轻快地跃过了丘陵，转眼消逝无踪了。

杨很快地朝着两只鹿逃跑的方向追了上去，然而，前方已经没有了积雪，无从追踪鹿的脚印。杨气得咬牙切齿，心里十分懊恼刚才一时的心软和犹豫。

又向前走了大约一公里半，杨发现雪地上多了一行新的鞋印，心里更加不快了。原来，那是印第安人的鹿皮鞋印——这种鞋的鞋底和表面是用同一张鹿皮做成的，前端圆圆的，很好辨认。鞋印沿着一条直线向前延伸，表明那是古利族猎人留下来的足迹。

杨怀着一丝莫名的气愤，跟踪那脚印而去。爬上一道斜坡时，他果然看到了一个身材高大的印第安人。那人从坐着的木头上站起来，很亲切地向他挥手。

杨的语气含着不快，很不客气地问：“你是谁？”

“我是加斯卡。你好！”

“你在我的土地上干什么？”

加斯卡用很平和的语气回答：

“哦？我记得，这地方起初是我的。”

杨指着雪地上的痕迹说：“但你所追踪的却是我的鹿！”

“是吗？我听说，山中的鹿谁能捕获，就是谁的。”

“我不管别人怎么说，总之我追的鹿你最好不要插手，免得惹来麻烦！”

“嘿，我倒是一点都不怕的。”

加斯卡这样说着，张开了双臂，做出要把土地环抱起来作为己有的姿势，然后很温和地对杨说：“年轻人，争斗是没有用的。一个好猎人自然可以猎取很多鹿。”

这就是他们初次见面的情形。随后的几天，杨和加斯卡在一起。他虽然没有猎到那只顶着美丽的角的公鹿，却得到了比那更珍贵的东西——如何当一个好猎人的方法。

加斯卡告诉杨：不要越过丘陵紧追那些动物的足迹，因为鹿对于追踪它的人很注意，只要看到他们越过丘陵，马上就会躲起来。

加斯卡又教他如何用手去感受那些脚印，并尝试着闻它的味道。这样，不但可以推测出鹿离这里有多远，甚至还可以猜出鹿的年龄和身体大小。

还有，他告诉心高气傲的杨，即使知道鹿在这附近，也不要跟得太紧，以免暴露自己的形迹。随后，又教他如何把手指弄湿，伸到空中辨别风的方向。

杨专心听着他的讲解，获益匪浅。

“我终于知道了，为什么鹿的鼻子是潮湿的，大概就是你说的这个缘故吧！”

相处的那几天，他们两人有时一起打猎，有时候分开单独行动。

一天，杨独自一人追踪一只鹿的脚印。脚印一直延伸到树林里一个现在叫做加斯卡湖的旁边。

杨小心翼翼地蹑着脚，跟在那些清晰的脚印后面。渐渐的，他听到森林里传来喳喳的声音，树枝也开始在摇晃，他停下来，端好枪，准备一有动静就立即开枪射击。不多会儿，枝叶那边依稀有什么生物在动，当他瞄准，正要扣下扳机时，突然看到了一团红色的东西，于是立刻停了下来。原来，那个惹出动静的“它”就是加斯卡。

杨吓得一边喘着粗气，一边说："天哪，加斯卡……我刚才差点杀了你。"

加斯卡默不作声，只用手指指绑在头上的红色带子。杨明白了他的意思，这就是为什么印第安人外出打猎时，头上总要绑着根红带子的原因。从此之后，每次外出狩猎，杨也在自己的头上绑着红色带子。毕竟，他不想被同伴当作猎物无辜杀害。

还有一次，他们走着走着，一群雷鸟高高地从他们头上掠过，向着枞树林飞去，另外一大群紧跟在它们后面，那样子就像所有的雷鸟都要赶到森林里集合一样。

加斯卡一直静静地看着，丝毫没有惊讶的表情，然后对杨说："如果大群的雷鸟到茂密的枞树林里躲避，说明今晚一定有大风雪要来。"

果然不出加斯卡所料，没过多久大地就刮起了凛冽刺骨的风雪。两位猎人只能整日守在火堆旁，无法出行。第二天，大风雪仍然没有停止的意思，反而好像越来越大。到了第三天，风雪终于稍微平息了，他们两人再度外出打猎。

这天，加斯卡不小心把自己的猎枪摔坏了。有一段时间，他一言不发地静静抽烟。后来，突然问杨道："你有没有到穆斯山打过猎？”

“没有。”

“那边有很多动物。你真的没去过吗？”

杨摇摇头。

加斯卡眼睛望着东方，继续说：“今天我发现修族人的脚印，我有不好的预感，这里恐怕会发生一些不好的事情了。”

杨知道，加斯卡这时已经决定到穆斯山去了。

加斯卡就这么走了，两人从此没再见面。直到现在，惟一能让人记起加斯卡的东西，只有那片位于喀魁力山地中间的寂寞宁静的加斯卡湖。

从那以后，杨也搬到了东部的乡下。新的生活环境并不如他想像中那么如意，于是他每天都过着颓丧的生活。是啊，追寻沙丘公鹿的踪影一度是他的精神支柱，现在公鹿早已销声匿迹，他的生活顿时陷入空虚之中。就在这时，他突然听到这样的消息：

“喀魁力山附近的鹿比过去更多了。在甘乃迪平原和木材厂之间，偶尔还可看到沙丘公鹿的影子。”

一年一度的打猎季节又揭开了它诱人的序幕，杨再度开始了“愉快的旅程”。穿上鹿皮做的猎装，杨觉得自己仿佛长出了翅膀，浑身轻飘飘如若无物。和往年的冬季一样，他不辞辛劳好几次远途打猎，时间太晚就在野外过夜，白天再回到小屋。

这期间，他听到一个传闻：有人在向东的一个遥远的湖畔，看到七只又肥又大的公鹿。于是杨和三个同伴一起驾着雪橇，到东边的湖畔察看。不久，他们真的找到了那些脚印！总共有七个大小不一的脚印，其中一个显得特别大——这一定是著名的沙丘公鹿的脚印了。看吧，原本覆盖在地面上的平整的白雪，现在被七个像链子一般交叉缠绕着的脚印踩得一片狼藉。猎人们看到

这种情形，不觉眼睛发亮，开始了一连串更为执著的追踪。

太阳快下山时，脚印变得更加清晰起来，猎人们不顾杨的激烈反对，完全无视渐渐暗下来的天色，执意驾着雪橇继续前进。

他们从那些鹿群留下的脚印知道，那七只鹿曾从丘陵上转头看，并且发现了正在追赶它们的人。随后，它们排成了一条直线，以一跃八米的方式飞速向前奔逃。猎人们虽然至今仍未曾看见鹿的踪影，却仍然继续不断地追赶，直到夜深了，才匆忙地在雪地上扎营夜宿。

第二天一早，一行人又接着追赶那些脚印，不久就碰到了七个由于雪的融化而露出地面的凹痕，那是鹿睡觉时留下的痕迹。而此时，鹿群的脚印变得更加的明显，杨劝大家，不要再坐雪橇，下来走路追赶，因为鹿群的脚印已经进入密林了。

当他们走进密林时，听到一只松鸦不停地呱呱叫着，杨立刻察觉到了鹿群的所在地，并且做了一个正确而巧妙的“预言”：如果听到松鸦叫，则表示“可以”的信号，只要在这里等待松鸦的暗示，再开始行动也不迟。可是大伙儿不听，莽撞追赶的结果不用多说，自然是又让鹿群逃走了。

鹿群知道自己危难临头，所以分成了两组：两只走同一个方向，另外五只则往另一个方向逃去。猎人们只得同样分头追踪，杨留下一个叫达夫的猎人和他一起追赶那两只鹿，其他的人则追赶另外五只。原来，他所要追踪的那两个脚印中的一个，显得比其他脚印大很多，那正是杨从两年前便梦寐以求要得到的沙丘公鹿的脚印。

两人不停地向前追赶。快要接近它们时，却发现脚印又分成了两道，看来母鹿和公鹿分头逃开了。于是，杨叫达夫去追捕母鹿，自已则以不容猎物有喘息之机的速度，开始追赶那只著名的沙丘公鹿。不久，太阳偏西而下，杨追踪到有一片稀疏树林的大片平地上，这里对他而言是个陌生的地方。为了追赶这只沙丘公鹿，他已经走到了以前打猎从未到过的地方。

眼前的脚印变得更加鲜明了，马上就要接近公鹿了！杨正这么想着时，突然听到远处传来一阵枪声。不远处的公鹿受了惊吓，开始向前飞奔而去，仿佛长了翅膀一般，转眼间跑出了几公里远。

杨在后面紧追不舍，不久就碰到了达夫。原来，刚才那阵枪声是达夫向母鹿开的。达夫一见到他就兴奋地说："第二枪好像打中了那只母鹿哦！"

他们向前走了不到一公里，发现野鹿的脚印旁边有血迹。再往前走，那些脚印变得更深了。

风雪不断地吹袭，使得脚印很难辨别，但是杨突然间就明白了：现在他们所追踪的这些脚印，并不是那只受伤的母鹿的，而是它的丈夫沙丘公鹿！

为了解开这个谜题，两人又沿着脚印猛追了一会儿，终于，事实证明了杨的猜想：确实，那只公鹿回来接替了母鹿的脚印，使母鹿能够逃命。这是动物在被追赶时所使用的脱身方法。当一只鹿被追急了，另外一只就会接着它的脚印，好像替身一样继续奔跑，来搭救同伴，而那只原先被穷追不舍的鹿，可以跳到一旁藏起来，或往另一个方向逃走。

现在沙丘公鹿也表现了这种动物特性，它用这办法来搭救自己的妻子。对于此，猎人们并不沮丧，继续仔细地寻找母鹿的脚印。当他们发现滴有血迹的脚印时，立刻像狼一样地舔了舔舌头，瞄准了自己的猎物逃窜的方向。

当然，没走多远，公鹿也知道自己所要的伎俩已被猎人们识破了，于是又回到了母鹿身边。到了太阳快要完全落下去时，猎人们看到那两只鹿在四百米远的地方，正登上一道斜坡。

只不过，跟以前不同的是，母鹿走得很慢，头和耳朵都无力地垂下来了，公鹿则在它的身边团团转个不停，焦急地跑来跑去，那模样像是在紧张地说："糟糕！这该怎么办？怎么办呢？"

又追了七八百米远，他们终于追上了那两只鹿。母鹿已经倒在雪地上。那只公鹿看到猎人们逐渐靠近过来，不停地摇着头上的角，仿佛万般无奈的样子，最后，只好不情愿地匆匆逃走了。

母鹿使尽全力，挣扎着想站起来，却根本动弹不得。达夫拔出身上的小刀。这时候杨才突然明白，为什么大伙儿身上都带着这样一把小刀。

那只可怜的母鹿抬起明亮的双眼，注视着眼前的敌人。眼睛里噙满了大颗大颗晶莹的泪水，却连一声呻吟也发不出来。

杨转过身去，用手蒙着脸，实在不忍心再看下去。兴奋的达夫却无动于衷，拿着刀子向母鹿走去，开始做着他一直想做的事。此时的杨只觉得眼前天旋地转，恍惚得险些晕倒。直到听见达夫喊他，才从恍惚中清醒过来，慢慢地回转过身。这时，沙丘公鹿的妻子已经静静地躺在一片被鲜血浸染的雪地上，不再有任何生命的迹象。

两人离开这捕杀地时，四周一片沉寂，没有任何其他生物的影子。只有在远方的丘陵上，依稀有一只大公鹿在焦急地彷徨着，不停地望着这边……

过了一个小时，猎人们拖着雪橇再度回到原地，想把母鹿的尸体从血泊中运走，却发现尸体的周围有一串新的脚印。

这时，他们看见一个孤独的影子正越过白雪皑皑的丘陵，消失在黑暗中……

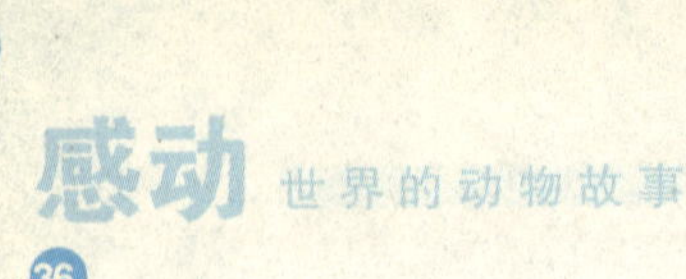

那天晚上，大家在围着火堆庆祝，只有杨凝视着熊熊的火苗，心情显得十分沉重。在他的心里，人性与兽性的争斗一刻都没有停止，他越来越不能肯定，自己这样做是否正确。

是啊，难道这就是所谓的打猎吗？花了好几个星期的心血，克服了无数的困难，与风雪搏斗，历经无数次的失败，得到的成功难道就是这种令人发指的事——让美丽而又高贵的生物，饱尝无穷的磨难后，变成一堆惨不忍睹的肉块？

幸好，到了第二天清晨，杨昨晚的郁闷情绪已经冲淡了。

猎人们向着回家的路途出发。一个小时的时间里，杨不停地在心里暗自盘算着：要用什么理由让自己留在此地？不久，他们又发现了沙丘公鹿的新脚印，杨的心又被点燃了。于是他对同伴们说道：

“我不想回去了，好像有什么东西在挽留着我，叫我不要回去。我一定要和沙丘公鹿再见一次面。”

其他的猎人因为受不了这种恶劣的鬼天气，依然决定要回去。于是，杨从雪橇上取下小锅、毛皮和少量的食物，向大家告别，独自一人继续追踪雪地上的新脚印。

“再见了，祝大家平安回家！”

跟同伴们道别完，杨目送着逐渐走远的雪橇，一股从未有过的感触涌上心头。是啊，以前即使独自一人在山野中待上好几个月，也不会觉得寂寞孤单，可是现在却不一样，面对着无边无际的雪地，一股无法形容的寂寞充满他的心头。

曾经，他常常独自品味这静谧世界里的乐趣，可现在那些乐趣都到哪里去了呢？杨禁不住想高声唤回渐渐远去的同伴，却因为好强的心理，始终没有开口。于是，他只能继续默默忍受着这非比寻常的孤独。

雪橇的影子终于消失，即使后悔也来不及了。不久，杨的心又好像被锁在了脚印上一般，继续踏上了他的“征途”。他又变成了紧追猎物的凶猛野兽，刚才那股浓厚的伤感霎时已化为乌有。

天色渐晚，杨仍然一直追踪着那些脚印。有好几次，那脚印都显出杂沓的样子，并且断断续续地进入繁茂的白杨树林。公鹿一定是躺在那里休息。当然，它一定是迎风而卧，眼睛、耳朵注意着杨接近的方向，鼻子还不时地嗅着。杨从旁边绕过，心想这次一定能够一枪击中它。

杨小心翼翼地紧跟着脚印，不断地往前走。他的心情显得很紧张，在地上匍匐前行了好一段距离，忽然，他听到身后有小树枝折断的声音，回头察看了许久，才明白原来是公鹿发出的声

响 。

原来，公鹿在躺下休息之前，会依着自己原先的脚印倒退回来，让在后面追赶的人以为自己仍在前行。不用说了，杨也上了公鹿的当，还以为它在前面，仍然继续猛追，事实上它早已躺在杨的身后了。这不，它一闻到人的气味，起身拔腿就跑，等杨发觉受骗时，它已经跑出了好几公里远。

杨追踪着新的脚印，渐渐来到了北方的一个陌生地带。这时，黑暗寒冷的夜晚已经降临了，杨找到一个可以遮避风寒的树阴，模仿印第安人的方法，燃起一堆小黄火。那是以前加斯卡教他的经验："在野外燃起大堆的黄火是愚蠢的行为。"

杨想蜷缩着身子睡一会儿，但不知道为什么，却冻得辗转反侧难以入眠。他想，要是脸上也能长出毛该有多好啊！或者，如果有毛茸茸的大尾巴，可以用来温暖冻僵的手脚也很不错啊。

繁星在夜空中闪烁着，杨觉得自己好像能听见星星闪动的声音。大地笼罩在一片严寒之中，仿佛连那又厚又重的地面也会被转眼冻裂开来。附近湖面上的浮冰不停地崩裂，声音响遍了湖边原野。山丘与山丘间的低洼地带，好像有一股刺骨的冷气流在兜着圈子。

半夜里，来了一只野狼。那狼似乎没把杨当人看待，只是"呜呼、呜呼"地像狗一样哼着走过，好像在对杨说："喂，朋友，你终于又回到野生动物的世界里来了。"

快到天亮时，天气稍微暖和起来，但又刮起了风雪。公鹿的脚印已经完全消失了，杨因为只顾着追赶脚印，一路猛追，早已无从判断自己身处何方。他毫无目的地摸索了两三公里，无奈之下，决定到伯国河去。伯国河应该是在东南方，但哪边是东南方呢？细碎的雪不停地往下飘，他的眼睛已疲倦得快睁不开了，皮肤也被冻得疼痛不堪。

大雪时而像烟般飘渺，时而又像雾般迷茫。杨走进白杨树林，开始挖掘雪地，终于看到麒麟草。这种草都是向北生长，虽然已经枯萎，却还善解人意，亲切地指示着他——那就是北边 。

确定方向后，杨开始上路。一旦觉得方向可能出现偏差时，马上就挖掘那种可代替指南针、好像磁石般的麒麟草，以辨别方向。杨终于走到了下坡路，伯国河就在眼前。雪已经停了，这一整天，杨继续找寻着鹿的脚印，但依然一无所获。那晚跟前夜一样寒冷，夜里杨又忍不住想：如果自己身上能长出更多的毛来抵御难耐的寒冷该有多好啊！

其实，在杨单独过夜的第一个晚上，他的脸和脚趾就被冻伤了，现在，那些伤口像火烧般疼痛难忍，可是杨依然咬紧牙根，继续前进。他的心底仿佛有一个声音在不停告诉他：“加油！胜利已经在望了。”

就这样，在第二天，他好像被什么东西召唤似的，向东渡过了伯国河，来到一处没有树林的空地。走了不到一公里，便看到被昨天的风雪覆盖着、已经模糊了的公鹿的脚印，于是就接着跟踪下去。不久，杨找到了野鹿休息的地方。那里残留着特别大的睡觉的痕迹和明显的脚印。杨知道，能留下这种印痕的只有那只公鹿。

那些痕迹还很新，尚未结冰，杨兴奋得心口怦怦直跳。

“它离这里一定不到两公里了！”

可是走了不到一百米，在薄雾笼罩着的丘陵地带，他就模模糊糊地看到五头鹿正竖起敏锐的耳朵倾听着。同时，白雪覆盖的丘陵顶上，站着一头躯体巨大、犄角如树枝般的公鹿。

鹿群很快就发现了他，在他没有来得及开枪前，就全部像风一样逃走了。那座特别爱护鹿群的丘陵，又将它们从猎枪的威胁下解救了出来。

不用说，沙丘公鹿再次集合了他的一班家属，它们知道敌人还在后面紧追不舍，所以和以往一样，又分成了两群奔逃，而杨所追赶的，仍是那只沙丘公鹿。

大约过了两公里,他一直追赶到了伯国河的洼地,那里有一座茂密幽深的树林。冥冥中好像有什么在指示着他:“公鹿正隐藏在这里窥伺动静,它绝不会在此休息的。”

于是，杨也躲了起来，小心谨慎地注意着，过了三十分钟，那个黑点终于走出了白杨树林，登上对面的山峰。等到它越过山顶不见踪影时，杨就横穿过山谷，蹑着脚迂回地攀爬过山峰，来到背风的山坡，找到了它刚留下的脚印。但公鹿并不比杨愚蠢，它一登上高峰，回头发现杨正穿过山谷追过来，便又飞也似的跑掉了。

此刻，它明白了自己的处境，在决定胜负的关键时刻，绝对不能放松警惕，所以飞快地逃往新的地带去。

杨现在终于深刻理解了以前常听说的打猎秘诀——不论猎物跑得多快，只要猎人具有超人的耐力，终会获得最后的胜利。杨现在仍然精力充沛，而那只大公鹿每次跳跃的距离却似乎变窄了，那表示，它已经有些疲惫了。如果能趁势追击，一定会有收获！

公鹿时常会登上高处，在白雪皑皑的银色世界里寻望敌人的踪影。在跟踪的同时，杨一直疑惑：公鹿找的是什么？怕的又是什么呢？为什么常常在追着追着时，就会发现脚印突然中断了呢？他完全不明白这是怎么回事。

公鹿的脚印如果中断了，杨就必须绕回原路，花很长时间才能找到它的新脚印，然后再接着追赶。可是应该已经疲累了的公鹿，脚印却显示它的跳跃幅度竟由窄变大了。

夜，慢慢笼罩着大地，杨仍然猜不透这是什么缘故，只好停下来扎营，度过了又一个寒冷难当的夜晚。到了第二天清晨，天快亮时，他终于揭开了谜底。

原来，在白天的光线下，杨发现他所追踪的只是公鹿以前留下的旧脚印。他回头仔细察看，才发现挣扎着逃难的公鹿，其实是循着自己的旧脚印，往回又奔跑了一段时间，然后才跳到旁边去，让毫不知情的杨继续追着它的旧脚印前进。

这种诡计公鹿一共使用了三次。它沿着脚印回到白杨树林之后，就在森林里静静伏卧着，警惕杨的接近。因为追踪公鹿脚印的杨，一定要从树林边缘经过，这样，公鹿就可以在杨还来不及靠近它之前，闻出杨的气味，听出他的脚步声，随后趁机逃走。

可是现在，杨从公鹿的旧脚印中，仍然隐约看得出新的脚印，那脚印显示：沙丘公鹿已经疲累到了极点。它在猎人毫不放松的追赶下，累得不想进食，甚至整日整夜胆战心惊，睡立难安。

最后的追捕开始了。逃亡、被追逐的沙丘公鹿和猎人杨，又回到了熟悉的地方——四周都是沼泽的森林。这里共有三个入口，公鹿从其中一个进入森林。杨知道公鹿再也不会轻易地走出森林，于是就蹑手蹑脚地、迅速地向背风的第二个入口走去，找到一个适当的位置，把自己的上衣和肩带挂在树枝上，然后迅速地跑到第三个入口处守候着。

时间缓缓流逝，一点动静也没有。杨低声学松鸦叫。前面说过了，这是森林里发生危险的警告声，野鹿们都是靠它来提高警觉的。果不其然，过了一会儿，杨就看到茂密森林的那一边，公鹿正摇动着耳朵，好像正打算登高眺望，寻找敌人的踪影。

杨又低声吹了一下口哨，公鹿停了下来，不再动弹。因为距离公鹿太远，中间又有很多树枝遮挡，杨无法瞄准射击。这时，公鹿低下头嗅着气味，大约有几秒钟的时间，眼睛直盯着刚刚进来的路，因为敌人曾在这条路上追逐过它。然而，它做梦也没有想到，敌人正在自己将要逃走的路上守候着。

不久，吹来一阵微风，将杨挂在树枝上的上衣刮得扑扑作响。公鹿走下小山，穿过茂密的丛林，既不跑，也不发出任何声响，在幽深的森林中像鼬鼠一样地潜行着。

杨在茂密的白杨树林里蹲着，全身的神经紧绷着，全神贯注地侧耳倾听。突然，杨听到从密林里传出小树枝折断的声音。

杨紧张到了极点，端着枪，慢慢站起身来。只见五米之前也有什么东西站了起来，先是一对象牙般的角，接着，是王者似的头，再下去，则是那美丽的躯体……

——就这样，杨和沙丘公鹿面对面地站立着。谁都不率先采取行动。

此刻，沙丘公鹿的生命终于掌握在杨的手中。然而它毫不畏怯，兀立不动。它高耸着大耳朵，两眼含着悲愤，目不转睛地望着对面的敌人。杨已经瞄准的枪又慢慢放了下来，因为，这只公鹿一动不动，只静静地看着他，丝毫没有再度逃跑的意思。杨那紧张得竖立起来的头发又恢复了原状，咬紧的牙关顿时也松弛下来，原先弯下去准备随时追扑过去的身子，也慢慢地挺直起来。

“开枪啊，开枪啊，你这傻瓜！现在正是你收获的时候啊，你的辛劳就要获得回报了……”

杨的心里不停翻涌着这些怂恿的细语，但是，那声音不久便消失无踪。

他突然回想起了那天晚上，在荒郊野地被狼群包围时的恐怖心情，也忆起另一个夜晚，那块被母鹿的血染红了的雪地。而此刻，他更像做梦一般，脑海中浮现出母鹿临死前痛苦的神情——它那明亮而满含悲愤的眼神，似乎在不断地追问自己：“我到底做了什么坏事？你想尽办法要杀我？”

杨的心情陡然变了，和公鹿的眼光相遇的那一刹那间——那是心与心的对望啊——想杀死公鹿的念头突然就烟消云散。他无法在公鹿的这样的注视下，开枪夺去它的生命。从前那些对公鹿的非分之想，在这一刻也化为乌有。而另一种新的想法——以前就已经在心里萌芽并一点一滴逐渐累积至今的想法，此时兴起一种完全迥异的心绪。

“啊！你是多么美丽的动物呀！聪明的人曾说：‘身是心的外表’，那么你的心一定像此刻的身躯一般，美丽而又灵巧。虽然我们经常处于敌对的关系，但这已成为过眼云烟。现在，我们相对而立，站在广袤宁静的大地上，彼此以生物的身份相对峙，虽然我们无法听懂对方的语言，然而，我们所想的、所感受到的，却完全一样。

“是的，在过去，我从未像现在这么了解你。你不是也想了解我吗？否则，为什么当你知道自己的生命已经掌握在我手中时，却毫不畏惧呢？

“我曾经听过一个关于鹿的故事：一只被猎狗追逐的鹿，竟向猎人求救，他真的救了鹿一命——你也被我追逐着，现在，你也在向我求救吗？

“是的，你美丽又聪慧，竟然知道我不会再对你造成任何伤害。我们是兄弟，是的，你是有着美丽的角的弟弟，而我不过是比你年长，比你强健的哥哥罢了。假如我能一直这么守护着你，你就不会再害怕受到伤害了吧！

“所以，你走吧！只管放心地越过松林那边的山丘吧！过去我像狼一般地追你，以后再不会了；过去我把你和你的伙伴视为追捕的猎物，以后，我也不会这样了。

“虽然我比你年长，懂得许多你所不知道的伎俩，然而你却拥有不可思议的力量，能体会出人所不能了解的奥秘。那么请你走吧，再也不必怕我追猎你了。

“也许，以后我再也见不到你；即使再相遇，在你那凝望的眼神中，我那残忍好杀的兽性也会像今天一样，一瞬间烟消云散。但我深深地预感到，再也无法见到你了。可爱的动物，去吧！愿你在你的自由天地里，永远过着逍遥快乐的生活。”

狼王罗坡

老罗坡是一群勇猛出色的灰狼的首领，它们在喀伦坡河谷为非作歹已经很多年了。墨西哥的牧人和牧场工人对罗坡非常熟悉，后来干脆把罗坡叫做大王。

咯伦坡是一个大牧区的名字，位于新墨西哥北部。与所有美丽富饶的牧区一样，这里有丰美的牧草，成群的牛羊。当然，更美的要数那些绵延起伏的高坪和曲折蜿蜒的溪水，它们最终都汇入了咯伦坡河。说到这里大家都应该知道了，这片牧区就是以这条咯伦坡河命名的。而我们这个故事的主角，就是在这一带威震四方的大王——老灰狼罗坡。

老罗坡是一群勇猛出色的灰狼的首领，它们在咯伦坡河谷为非作歹已经很多年了。墨西哥的牧人和牧场工人对罗坡非常熟悉，后来干脆把罗坡叫做大王。在这片牧区有个特点，只要罗坡带领的狼群出现在哪儿，哪儿就会鸡飞狗跳，牛羊遭殃。对此，牛羊自己也好，它们的主人也罢，都只有干瞪眼愤怒绝望的份儿。

在这群“恶徒”之中，老罗坡不但身材高大，而且是最狡诈强壮的一个。它在夜晚的嗥叫声老少皆知，与其他的狼截然不同，泾渭分明。一只普通的狼哪怕在牧人的营地叫上半夜，充其量也只会让牧场的看守人叹气几声，一旦大王那低沉的嗥叫声回荡在山谷里，那些看守人就要提心吊胆惶惶不安了，睁着眼睛挨到天亮，看看自己的羊群又遭受了什么严重的损失。

老罗坡统帅的那群狼数目并不多，这让我一直感到很费解。一般情况下，一只狼如果有了像它这样的地位和身份，它的手下只有不断增多的情况。也许，它早就打算好了，只想要这么多手下，少而精嘛；要不，就是它那暴躁的坏脾气使得其他的“投奔者”知难而退，以致狼群并未大幅度扩张。不过有一点是我可以肯定的，在罗坡当权的后半时期，只有五个忠实的追随者。不过，这些狼也是狼群中的佼佼者，不但战功赫赫，身材也比一般的狼要高大许多。特别是那位罗坡的副手，简直可以算得上一只巨狼了。不过，即便是它这样的狼族精英，跟老狼罗坡相比，无论是个头还是英勇，都相差得实在太远了。

在狼群里还有几只身份特殊的超群精英。其中有一只美丽

的白狼，墨西哥人把它叫做“白妞”，想来应该是只母狼，大概就是罗坡的妻子。另外还有一只黄狼，动作特别敏捷，牧人们经常传闻，它曾经好几次只身为狼群捕获到羚羊。

说下去大家就会知道，这片牧区的人们对这些狼真是太熟悉了。他们经常看见这群野兽，而实际上听到它们的次数更多。可以这样说，它们的生活与牧人们的生活息息相关，密不可分，虽然牧人们总是恨不得将它们除之而后快。在咯伦坡，所有的猎人都愿意花费几只牛的好价钱来换取罗坡狼群里任何一只狼的脑袋。可这些恶徒们似乎受到了神鬼的保佑，无论人们想尽千方百计捕杀它们，却总是无济于事。时间一长，它们更是蔑视这些猎手，嘲弄人们布下的所有陷阱和毒药。至少有五年的光景，他们都接连不断地接受咯伦坡人的进贡。很多人都无可奈何地说，一天没有一头牛是不行的。不给它们的话就会有更多的牛丧生。照这样估算下来，这群狼在这些年以来已经杀死了不下两千头最肥壮的牛羊。谁都知道这些家伙的习惯，总是要向最好的猎物下手。

很多人都以为狼这种动物总是饥肠辘辘的，所以往往饥不择食地随意猎杀食物。这种观点对于罗坡狼群而言完全行不通。这帮强盗总是皮毛光鲜地出现在人们眼前，不但体质健康

得不得了，吃起东西来更是挑剔得不行。作为它们猎杀食物的规则，凡是老死的、病死的或者不干净的动物，它们从来连碰都不碰一下。就连牧人们宰杀的东西，它们也决不沾边，绕道而行。它们所挑选捕杀的动物，多半都是刚满一周岁的小母牛，而且只吃它们最嫩的部位。而那些老牛，无论公母，它们都不屑一吃。虽然偶尔它们也逮几只牛犊子或者小马驹吃，但是很明显，它们对牛肉和马肉并不热衷，甚至连羊肉也不例外。虽然它们经常杀羊取乐。比如，1839 年 11 月的一天夜里，白狼“白姐”和黄狼就杀死了两百五十只羊，但它们一口肉都没吃，纯粹是为了好玩才这么干的。

以上只不过举了几个例子，但足以表明这群强盗的危害有多么大。为了消灭这群狼，人们每年都想些新花样试图捕杀它们。尽管这些狼群的敌人竭尽了全力，这帮强盗还是越活越滋润。悬赏捕杀罗坡的赏金一年比一年高，人们想了几十种妙计，甚至投放毒药来捕捉它，最后都没有成功。对于老狼罗坡而言，毒药、陷阱什么的并不可怕，最可怕的只有一样——枪。它知道，这一带的每个人出门都带着枪，所以这附近从来都没有出现过狼群向人类发起攻击的事情。的确，这群狡猾的狼有自己的行事原则，那就是：在白天，只要发现有人在附近，不管距离多远，一定撒腿就跑。同时，罗坡还有个好习惯，它只允许手下吃它们自己杀死的猎物。这个命令也无数次地解救狼群于危难之中。因为罗坡的嗅觉很灵敏,能及时发现人的痕迹和他们投下的毒药,这样就能保证它们每次的捕食万无一失的安全。

有一个关于罗坡的故事是这样的。一天,一个牧人经过一个地方,正巧听见老罗坡那熟悉的嗥叫声,那是给狼群打气的声音,只有在狼群围攻猎物时才会发出。牧人悄悄走过去一看,果然,那群咯伦坡的强盗们正在一块凹地里围攻一群牛。而罗坡正远远地蹲在一个小土冈上指挥手下。这时,"白妞"和其他的狼正拼命想"揪出"那只它们看中的小母牛。可那些被围攻的牛紧密地靠在一起站着,牛头一致朝外,用一排牛角当作武器对付敌人。要不是里面有只牛面对这群凶残的敌人突然胆怯起来乱了阵脚,这个坚固的防线是很难突破的。这下可好,狼群正好钻了这个空子冲进了牛群,把那只小母牛咬伤了,但还没到使猎物失去反抗力的地步。终于,守望在山冈上的罗坡对手下失去了耐心,纵身向山下奔去。只听它大吼一声,向牛群猛扑过

去，这下可把牛群吓坏了，立即张皇失措起来，阵脚大乱，本来具有相当威力的防御体系瞬间就被破坏掉了。罗坡在牛群里左冲右突，本来还密集地靠在一起的牛群立即像一颗爆炸开来的炸弹，“弹片”四处溃散开去。那头被狼群看中的倒霉蛋也想逃走，可还没跑出二十五码远就被罗坡逮个正着。它死死抓住小母牛的脖子，竭尽全力把它往后一拉，重重地将它掼了个四蹄朝天。由于力道太大，罗坡自己也翻了个跟头，但它立即就站了起来，这时它的部下已经扑到那头可怜的小母牛身上，一刹那的工夫就结束掉它的小命。罗坡并没有跟着大家一起，独自跑到一边，那神情仿佛在说：“你们瞧瞧，这么容易就办成的事情，你们偏要浪费那么多时间！”

看到这里，一直躲在一边看热闹的牧人吆喝起来，骑马朝那群狼冲了过去。狼群就像平时一样，眨眼间就撤退了。牧人正好带着一瓶马钱子硷，他知道这群狼肯定还要返回来吃牛肉的，于是赶紧在死牛身上下了三处毒。可是等到第二天一大早，他赶回草地想看看那些中毒的倒霉鬼时，却发现这些狼虽然的确吃过牛肉，可是把他所有下过毒的地方都小心翼翼地撕扯下来，扔在了一边。无庸质疑，这肯定又是那只老奸巨滑的罗坡干的好事。

就这样，随着时间的推移，牧人们对这只老狼的恐惧情绪也与日俱增，悬赏捉拿它的赏金也逐年提高，到最后竟达到一千美金！这可真是一笔前所未有的捕狼赏金。众所周知，即便是悬赏捉拿逃犯也很难达到这个数目。

于是，一名叫做唐纳瑞的得克萨斯年轻牧人对这笔赏金动了心。一天，他骑马来到了老喀伦坡山谷，并带来了一套捕狼的专业设备，包括最好的长枪、最快的马和一大群训练有素的狼

狗。他曾经带着他的狼狗，在狭长辽阔的平原上捕杀过许多野狼，所以他对自己在几天内就能杀掉罗坡更是深信不疑。

夏天的一个早晨，唐纳瑞和一帮牧人在灰蒙蒙的曙光里信心百倍地出发了。上路没多久，那群大狼狗就用兴奋的狗语报告主人说，它们已经找到狼群的踪迹了。果然，走了不到两英里，咯伦坡的那群灰狼就出现在众人的视野中，顿时这场追猎激烈紧张起来。

猎狗的任务主要是牵制住狼

群，以便猎人骑马赶到并杀死它们。在得克萨斯的旷野上，这很容易就能做到；但是在这里，新的地形决定了它们必将失败，而老狼罗坡也是多么地幸运——咯伦坡河岩石嶙峋的峡谷和众多支流已经把大草原分割得支离破碎，猎狗根本就发挥不了在平原上应有的作用。

此刻，老狼看见了猎人，马上朝最近的那条支流跑去。一过河，它就把骑马的猎人甩掉了。与此同时，它率领的狼群也分散开来，使得追踪它们的狼狗也被引开。等到狼群各自跑了一会儿重新聚集到一起时，那些狼狗完全无法再次聚拢。这样一来，这群被捕杀的狼就不在数量上吃亏了。于是，它们掉过头去，扑向了身后的追猎者，不是把它们杀死，就是把它们咬伤。当天晚上唐纳瑞检查自己的狼狗时，发现他的狗只回来了六只，其中还有两只已经被撕咬得浑身稀烂。此后，唐纳瑞又试过两次想得到罗坡那值钱的脑袋，却发现只是白费工夫，甚至损失更为惨重，连他那匹最好的马也摔死了。恼羞成怒之下，唐纳瑞放弃了追猎，回到了得克萨斯老家。而罗坡却继续留在了咯伦坡大草原，比以往更加地肆无忌惮。

类似的故事总是接二连三地发生。第二年，又有两个猎手出于赏金的诱惑来到了这里。他们都深信自己能把这只赫赫有名的狼王消灭掉，并拿到那笔让无数人垂涎已久的赏金。

第一个人使用的新发明是毒药。投放的方法跟以前也有很大不同；第二个人是法裔加拿大人，用的不单是毒药，甚至还画符诅咒，因为他相信，罗坡是一只成精的“老狼精”，决不是用普通办法就可以消灭掉的。但是，如我们所知，无论是配制绝妙的毒药，还是什么诅咒魔法，对于那只灰色的狼王罗坡而言，统统无济于事。这不，几个星期过去，它还是跟从前一样，照常每周四处巡视，每天大吃大喝。没多久，两个猎手就心灰意冷了，放弃了雄心勃勃的捕猎计划，到别的地方打猎去了。

1893 年的春天，猎人乔在捕杀罗坡失败后，接着碰上一件更丢脸的事。从这件事似乎可以看出，那只长命的狼王根本就没把它的对手放在眼里，并且对自己有着绝对的自信。

原来，乔的农场就在咯伦坡河的一条小支流旁边，那是一个风景如画的山谷。就在这个万物复苏的季节，就在这个峡谷的岩石中间，在离乔的家不到一千码的地方，老罗坡和它的配偶选定了它们的巢穴，打算养儿育女。它们在那里住了整整一个夏天，这期间咬死了乔家里的牛羊和狗，安安稳稳地呆在洞穴遍布的岩石深处，嘲笑乔所放置的那些毒药和机关。可怜的乔，一心想着要用烟把它们熏出来，或者用炸药炸死它们，但一切都枉费心机，它们从始至终都安然无恙，毫发无伤，并且还跟以前一样，干着伤天害理的勾当。

“你们看看，去年整整一个夏天，它们就住在那儿，”乔哭丧着脸指着那块岩石说，“我却一点办法都没有。在它眼里，我十足是个大傻瓜！”

以上那些故事都是我从一些牧人那里道听途说来的，一直难以相信全部属实。直到1893年的秋天，我亲自结识了这个狡猾的强盗头子，终于相信了那些故事都是真的，并对它有了比别人更为深刻的了解。

几年前，我的爱犬宾格还活着时，我曾经当过一段时间的捕狼人，等后来我换了一个职业，它就被我拴在了写字台上。时间一久，我开始怀念那段自由的狩猎生活，非常想换换环境。所以，当咯伦坡的一个做牧场主的朋友要我去新墨西哥，看看能不能帮忙对付这群掠杀成性的野兽时，我毫不犹豫地接受了邀请。由于事先听来的那些传闻，我迫不及待地想要亲眼见见这只狼中之王，于是尽快赶到了咯伦坡。我用数天的时间骑马四处察看，观察地形，想熟悉一下周边的环境。这期间，我的向导时不时地会指着一块带着皮肉的骨头对我说："看，就是它干的！"

一到这个地方我就明白了，在这个崎岖不平的地区，想要用马和猎狗来捕杀狼群是绝对不可能的，毒药和机关是惟一可行的办法。因为目前我们还没有足够大的捕狼机对付罗坡那样的巨狼，所以只能先从毒药下手了。

关于我们想了捕杀这只"老狼精"的无数个办法，这里就不赘述了。反正，凡是含有马钱子碱、砒霜氰化物或者氢氰酸的东西，没有一样我没试过；凡是能够用来当作诱饵的食物，没有一样我没用过。但是结果总是那么令人沮丧，一个又一个早晨，当我骑马去查看我的捕杀结果时，总是发现我的心血全部都是白费。

这只狼王的狡猾和精明有无数个事例可以证明。这里我只举一个例子。根据一个老猎手的提示，我把一些奶酪和一只刚宰的小母牛的腰子上的肥肉拌在一起，放在一只瓷盘子里炖烂，再用骨头做的刀把它们切开，免得沾上金属味道。等这盘诱饵凉了之后，我再把它们切成块，每块上面挖一个洞，塞

进大量的毒药，这些毒药原先是放在密封的胶囊里的。最后，我又用奶酪把这些洞封起来。整个过程中，我始终戴着一副在小母牛的热血里浸过的手套，连大气都不敢出一口。一切就绪后，我把这些食物分别装在一只涂满了牛血的生皮口袋里，又在一根绳子上拴上牛肝和牛腰子，骑马拖着走。我这样绕了差不多一个十英里的圈子，每走四分之一英里就扔一块，扔的时候极其小心，决不让手沾上它们。

根据我们的观察，一般来说，罗坡每个星期的头几天总会到这个地区转悠转悠。其余的时间，它大概是在格兰德山的山麓那边度过的。这天正好是星期一，就在当天晚上，我们正

准备睡觉，突然听见了狼王低沉的嗥叫声。同伴面露喜色，简短地对我说："他来了，等着瞧吧。"

第二天一早我就出发了，着急想看看结果如何。不久，我就沿路发现了这帮强盗的爪印，罗坡的在最前面。要找到它的脚印其实很简单，普通的狼前爪一般只有四英寸半长，最大也不超过四又四分之三英寸。可是罗坡的不同，根据我们丈量多次的结果，它的前爪到后跟，足足有五英寸半长。后来我又慢慢发现，它身体的其他部位也异常的大：身高大概三英尺，体重差不多有一百五十磅。所以，它的脚印即使被后面的狼踩烂了，却依然清晰可辨。从它们留下的脚印来看，这群狼很快就发现了我拖着诱饵跑过的路线，并且照例跟踪了过去。我甚至看得出，罗坡到第一块诱饵这里来过，还嗅过好一会儿，最后还把它叼走了。

我兴奋得不得了，大声喊道："我到底逮着这家伙了！不出一英里，我肯定能找到它的尸体！"接着，我马不停蹄地往前飞奔，一路上眼巴巴地盯着地面上又大又宽的爪印。随后我又发现，第二块诱饵也不见了。这时我快高兴得上了天，心想这次一定能逮着那家伙，说不定还能逮到狼群里的另外几只呢！可是，宽大的脚印还是继续出现在我布饵的路上。我前前后后地把走过的草原仔细搜索了一遍，没发现半只狼的影子，更别提什么尸体了。我又跟着往前走，发现第三块食物也不见了，等到我跟着狼王的脚印来到第四块食物跟前，我才发现，实际上它一点诱饵都没吃，只不过把它们叼在嘴里带走了而已。最后，它把前三块食物都堆在了第四块上，甚至还在上面撒了一泡尿，以示对我的计策的极端蔑视！这之后，它离开了我投饵的路线，领着那群被它保护的狼群，干自己的勾当去了 。

这只是我众多类似经历中的一次。这些经历渐渐使我相信，使用毒药是无论如何都无法消灭这群强盗的。可是我一边等待捕狼机的到来，一边继续使用毒药，这不过是因为，要消灭草原上众多有害的动物，放毒还是当时最可靠的一种方法。

就在这期间，在我眼皮底下发生一件事情，更进一步地说明了罗坡的老奸巨滑。就像前面所讲到的，这群狼除了给自己猎食以外，至少有一件事是纯粹为了寻开心找乐子才干的，那就是无缘无故地骚扰虐杀羊群，却很少真正吃它们。平时，羊群总是由一千头到三千头左右组成的，由一个或者几个牧民看管。到了夜里，它们就集中在最隐蔽的地方休息，羊群的每一边都睡着一个牧人，加强防守。众所周知，羊是一种极没头脑的动物，稍微有点什么惊扰，它们就吓得东窜西逃。但它们的天性中有一种根深蒂固的弱点，也许正是它们最致命的弱点——紧跟着领袖寸步不离。牧民们巧妙地利用了这个弱点，在羊群里面安插了几只山羊。羊群觉得那些长胡子的表亲总是比自己来得聪明，所以在夜里遇到警报的时候，就把这些山羊团团围住。通常这样能使它们不被猛兽冲散，从而得到保护。但，事情并不总是这样的。

去年的十一月末的一个晚上，有两个佩里科牧人被狼群的袭击惊醒了。这时他们的羊群正团团挤在山羊周围，那些山羊都坚守着自己的阵地，摆出一副不怕死的架势。可惜的是，这次它们面对的并不是一只普通的狼。对于狼王罗坡而言，山羊是羊群的精神领袖，它跟牧人一样的清楚。只见它飞快地跃过密密匝匝的羊背，直扑那些领头的山羊，一会儿工夫就结果了它们的性命。于是，剩下的那群倒霉的羊只能向四面八方逃窜开去。这以后的好几个星期，差不多每天都有牧人焦急不安地跑来向我询问："最近你看见过有oTo标记的羊没有？"我经常只能说看见过，有一次这么说道："看到了，在钻石泉那边看到的，五只，全死了。"另一次我大概是这么回答的："没见过。不过两天前，琼·梅拉在塞德拉山特见过二十来只刚刚被杀死的羊。"

最后，捕狼机终于运来了。我和另外两个人整整花了一个星期才把它们安装好。我们不辞辛劳地忙碌着，凡是能想到的有助于捕杀狼的办法都采用了。捕狼机安置好的第二天，我骑着马出去巡视，没走多久竟然看到罗坡从每架捕狼机旁边经过的脚印。从那些脚印上看得出那天晚上它全部活动的经过。在漆黑一片的夜里，尽管捕狼机安置得极其隐秘，还是被老狼王发现了第一架。它马上叫狼群停止了前进，并小心翼翼地把捕狼机周围的土扒开，直到捕狼机、链条和木桩全部暴露出地面，只剩下弹簧还照样绷得紧紧的，这才离开那里。用同样的办法，它陆续处理了十几架捕狼机。不久，我又注意到，一旦它发现有什么可疑的痕迹，马上就会停止前进，转向另外一边。于是，我脑袋里冒出一个哄骗它上当的新办法来。

我把捕狼机安置成H形。办法是在路的两边各放置捕狼机，再在路中间安置一架，当作H中间的横杠。可是没过几天，我发现这个计划又失败了。罗坡顺着我布下机关的路走来，并且刚好走在了两排捕狼机中间，但是它及时地刹住了脚步。至于为什么会这样，我完全不知道。至此，我深信一定有什么守护神在保佑着它。它意识到危险后，寸步不偏地沿着自己走过的脚印又退了回去，每一步都分毫不差地踏在原来的脚印上，直到离开这个危险之地为止。接着，它回到一边，用后爪使劲扒开了那些土疙瘩和石块，最后将捕狼机全部触发。

还有很多次，它重复使用这种伎俩，虽然我频繁变换花样，加倍小心不让它察觉，可每次它都会化险为夷。看上去，它似乎永远都不会出任何偏差。要不是那桩不幸的婚姻，把它的名字写进野生动物那长长的英雄榜上，也许至今它还干着那些强取豪夺的营生。无数的事实说明，这些英雄独身一个时，总是所向披靡，可最后都是因为那些轻率鲁莽的同盟者才死于非命。

第3章

过了一段时间，我发现在这群喀伦坡狼群里出现了一些异常的迹象。直觉告诉我，这有些不太正常。比如，从狼群的脚印上可以看得很清楚，有只较小的狼有时跑到了狼王前面，这让我很是费解。直到后来，有个牧人说起他的所见，才把事情解释清楚了。

“我说，我今天见着它们了，”他说，“离开狼群乱跑的那只狼是‘白姐’。”我一听这话，脑子顿时明亮起来，我说：“我看是因为‘白姐’是只母狼才能这么干，换了一只公狼这么干，一准被罗坡咬死了！”

这一发现促使我想出一个捕杀罗坡的新方案。我宰杀了一头母牛，把一两架捕狼机显而易见地放置在四头牛旁边，然后割下牛头（牛头对于捕狼而言相当于废物，对于狼来说更是如此）。我把牛头扔在离死牛不远的地方，并在周围放置了六架强劲有力的钢制捕狼机，彻底清除过气味，隐蔽得不露一丝痕迹。安置的时候，我的双手、皮靴和工具都用新鲜的牛血抹过，还在地上洒了不少血，装做是从牛头里淌出来一样。捕狼机埋到土里之后，我又用郊狼皮把这块地方扫了一遍，并用一只郊狼的爪子在周围的地面上踩了一些爪印。牛头被我扔在了一簇乱草丛旁边，中间留着一条窄窄的通道，在这条通道上我又埋下了两架最好的捕狼

机，把它们跟牛头拴在一起。

狼有个习惯，只要一嗅到什么死动物的味道，为了弄个明白，哪怕并不想吃，也要走到跟前去看看。我正是希望它们的这种习惯能把咯伦坡狼群带到我设下的新圈套里来。当然，根据长期以来对罗坡的了解，我并不怀疑罗坡会发现在牛肉上耍的花样，不让狼群接近它。但是我对那个牛头寄予了不少希望，因为它看上去就像个废物被扔在一旁。那应该能让狡猾的罗坡放松警惕。

第二天清晨，我迫不及待地去察看那些机关。哈，真叫人高兴！那地方到处都是狼群的爪子，原来放牛头和捕狼机的地方此刻已经空无一物。我蹲下身，仔细研究那些脚印，发

现罗坡果然没让狼群接近牛肉，可是同时却有一只小狼，跑到了放在一边的牛头，并且正好踏中了一架机关。

我们马上追踪这些脚印往前赶，没走到一英里，就发现这只倒霉的小狼原来就是“白姐”。它还在死命朝前跑着，虽然拖着一个重达五十多磅的牛头，还是很快把我们这伙步行的人落得老远。但等它跑到岩石地带后，我们终于赶上了。因为牛头被地面上的岩石绊住了，把它紧紧地拖住。说实话，在我见过的狼中，它要算最美的一只。浑身油光蹭亮，白色的皮毛像雪一样。

在前方狼群的助威声中，它朝我们转过身，扯着嗓子发出了一声震撼峡谷的长嗥。这时，从远处的山冈上传来老狼罗坡那低沉的回应声。对于“白姐”来说，这是它最后的呼唤。因为这时我们已经逼近到它身边，随时准备把它逮住。而它也好像鼓足了全部力量，准备拼死一搏。

不可避免的悲剧终于发生。后来每当我回想到当时的情景,直感觉后怕。我们每个人都向它扔出了一根套索,套住它后,每个人都骑马朝相反的方向使劲拉。直到它的嘴里喷出了血,眼睛发直四肢僵硬,瘫倒在地上我们才停手。就这样,我们带着死狼,骑马回家,因为这次给咯伦坡狼群的首次致命打击而欣喜若狂 。

整个捕杀“白姐”的过程中，包括我们骑马回去的时候，我们不时听到罗坡发出的嗥叫声。它在远处的山冈上徘徊着，似乎在寻找它的配偶“白姐”。它从来没有放弃过“白姐”，弃它于不顾，可是它一向对枪怀着根深蒂固的恐惧，所以看到我们靠近“白姐”时，它就知道已经无法再搭救“白姐”了。那一整天我们都听见它在四处寻找，不断发出哀号。我对一个牧人说：“这次我是真的明白了，‘白姐’的确是它的配偶。”

黄昏时，它好像开始朝峡谷这边走来，它的叫声越来越近，那声音听上去凄凉而悲切，不再是那种无畏和响亮的嗥叫，变得那么的悠长和凄楚。那声音仿佛是它在喊“白姐、白姐”。夜幕降临时，我看到它就在离我们追上“白姐”不远的地方。终于，它似乎发现了事实的真相，叫声突然变得更加伤心欲绝，凄楚难当，听上去实在让人可怜。

那种悲伤是我们人类所想像不到的，就连那些铁石心肠的牧人听了，也说：“还从来没听见过一只狼像这样叫过呢。”那片被“白姐”的鲜血染红的地面，告诉了罗坡一切。

随后，罗坡沿着我们留下的马蹄印，走到了牧场的屋子前。它此举的目的究竟是为寻找“白姐”还是复仇，我们一时不得而知。但第二天我们就知道，它是为复仇而来。那条屋子前面的不幸的看门狗，在离门口不到五十码的地方被撕成了碎片。而这次

明显是它单独来的，因为我们只发现了一只狼的脚印。它还狂奔了一场，这在它完全异乎寻常。不过，对这点我也事先有所准备，所以在牧场周围加设了一批捕狼机。罗坡的确也踏中了其中一架，可是它的力气实在太大了，竟然挣脱出来，把捕狼机抛在了一边。

我有直觉，它一定会在附近继续找下去，直到找到“白姐”的尸首为止。于是我卯足了精神大干起来，目的只有一个，那就是在它离开这个地区之前，在它心乱如麻的时候，趁机逮住它。这时我才意识到，杀死“白姐”是个多大的错误。如果将它当作诱饵的话，恐怕第二天晚上就能把罗坡抓住了。

我把所有的捕狼机全部集中起来，总共有一百三十架强有力的钢制捕狼机。我把四架编成一组，安置在每条通往峡谷的路线上；同时，每架捕狼机分别拴在一根木杠子上，再把这些木杠子全部埋好。埋的时候，我小心翼翼地把草皮扒起来，把挖出的泥土一点不漏地全部包在毯子里。等草皮重新铺好后，就完全看不出一丝人工的痕迹。等捕狼机完全隐藏好后，我拖着可怜的“白姐”的尸体又到各处走了一圈，还在牧场周围绕了一趟，最后，我又砍下了它一只爪子，在经过每架捕狼机的路线上，印上了一串爪印。这次，凡是我能想到的措施和计划全部都用上了，一直干到很晚才休息。

那天夜里，我仿佛听到了罗坡的叫声，但无法肯定是不是它。第二天骑马出去巡查，没走完峡谷北面的路线就已经天黑，只得毫无收获地返回。吃晚饭时，我听见一个牧人说，早上的时候，峡谷北面的牛群闹得很凶，似乎是那边的捕狼机逮住了什么。第二天我迫不及待地朝他所说的那个方向赶去，还没到达，就发现靠近那儿的一个地方，一只硕大、灰色的东西正挣扎着想从地上爬去来。哈哈，原来那妄图逃走的家伙正是我寻找多时的——咯伦坡之王老狼罗坡！它已经被捕狼机牢

牢地夹住了。这只可怜的老英雄，无时无刻不在寻找自己的妻子，一发现它的痕迹就不顾一切地跟来了，于是落进了为它布置好的圈套。

它躺在那儿，被四架捕狼机紧紧夹住，一点办法也没有。周围还有好多蹄印，说明牛群是如何围到它身边，侮辱这个落难的暴君，但却不敢走到它能够得着的地方。从时间上计算，它已经在那里被困了两天两夜，现在已经挣扎得精疲力尽了。可是当我走近时，它还是挣扎着爬了起来，竖起鬃毛，扯开嗓子发出了最后一声使山谷震荡的深沉洪亮的吼叫声。这是求救的信号，是召集它的手下的呼号。可是一点回音都没有。尽管陷入了孤立无援的绝路，它仍然竭尽全力转动着身子，拼命想扑上来咬我。可这都是白费劲，每架捕狼机都有三百多磅，把它死死地拖住。它的大爪子被四架捕狼机无情地抓住，每一只爪子都被大钢齿咬着，沉重的木杠子和铁链全部纠缠到一起，它完全一筹莫展。

它那象牙色的獠牙拼命磨啃着那些无情的铁链，当我鼓起勇气用枪托去碰它时，它的牙齿在枪托上留下一道又一道的咬印。那些印子直到今天还没有磨平呢。它的眼睛闪着绿幽幽的光，充满了仇恨和愤怒，枉费力气地想抓我和那匹已经被吓得发抖的马。它张开嘴，“喀嚓”一声咬下去，却只咬到满嘴的空气。饥饿、挣扎和不断的流血，已经耗尽了它的体力，不久，它就浑身无力地瘫倒在地了。

在它嘴下遭殃的动物可真是不计其数，我正准备下手结束掉它这残暴的生命，却突然感觉有些于心不忍。

“你这个老恶棍，不管以前你多么嚣张，今天你算是走到头了！过不了几分钟你也会变成一大堆腐肉，这是你应得的下场！”我一边唠叨着一边向它的脑袋投去套索。可对付它远比对付其他的狼困难。那柔韧的套索还没落到它脖子上，就被它一口咬住，“喀嚓”一声断成两截，掉在它面前。

当然，我手中还有它最害怕的武器——枪。但不到万不得已的时候我不会用，因为我不想损坏那张宝贵的皮毛。于是，我骑马又回到营地，带来了一个牧人和一副新的套索。我们先把一根木头朝它扔去，等它一口咬住还没来得及吐掉时，我们紧接着扔过去套索，紧紧地套在了它的脖子上。

这时，它那凶狠的眼睛还在发亮，我赶紧喊道：“等等，咱们先别忙勒死它，把它活捉到牧场去！”此刻它一点力气都没有了，我们很容易地在它嘴里插了一根粗木棍，塞在它牙齿后面，然后用粗绳子绑住它的嘴巴，再把绳系在木棍上。木棍拉紧了绳子，绳子又拉紧了木棍，这样一来，它就没办法继续伤人了。它看到自己的嘴也被绑了起来，就干脆放弃了反抗。一声不响地静静地看着我们，那神情仿佛在说："好了，你们到底还是把我抓住了。现在你们想把我怎么样就怎么样吧。我可不管那么多了。"果然，从那时起，它就连正眼都不再瞧我们一下。

接着，我们牢牢地绑住它的脚，从始至终它一声不哼，一声不叫，连脑袋也不转一下。然后，我们两人一起用力，刚好能把它抬到马背上。这时它的呼吸很均匀，好像已经睡着

了 似的。但它的眼睛依然睁开着，依旧明亮而又清澈无比，可是并没有看向我们。它死死盯着远处那一大片起伏的山冈，那是它过去的王国领地。它那声名赫赫的狼群，现在已经各奔东西了。它就这么一直盯着，直到马走下了山坡，进到峡谷，岩石把它的视线就此切断。

我们不再急着赶路，一路慢悠悠地走着，所以平安地到达了牧场，没出什么意外。到达牧场后，我们先给它套上了项圈，拴上一根粗链子，然后把它像狗一样拴在牧场的一个粗木

桩子上，这时才把它身上的绳子解开。直到这时，我才算有机会能仔细地好好瞧瞧它了。这时，我才知道人们对这位强盗英雄的那些传说是多么离谱。它脖子上面根本没什么金项圈，肩头也没什么表示它和撒旦结盟的标志。不过，我倒是在它的腰上发现了一块大伤疤，根据传说，我推测那是唐纳瑞的狼狗首领在它身上留下的牙印，是那只狼狗在临死之前给罗坡留下的印记。

我还不想它那么快死，于是把肉和水放在了它面前。可是它根本不予理睬，平静地趴在地上，那对坚定不移的黄澄澄的眼睛依然从我身旁望过去，投向那遥远的空旷的原野。那是它的原野啊，直到太阳落山，它还是死盯着那片大草原。我碰它的时候，它身上的肌肉动也不动，完全没有反应。我以为它是在积蓄力量，等待夜里将自己的手下唤来一起逃走。可是，除了它在被抓的时候发出过一声走投无路的长嗥，此后它再也没有叫过一声。

据说，一头狮子如果被耗尽了力气，一只老鹰如果被剥夺了飞翔的自由，一只鸽子被抢走了伴侣，都会伤心致死。谁能够肯定，这么一个残酷的强盗能够经得起这接二连三的打击，却一点都不伤心呢？关于这一点，只有我能肯定。因为第二天天亮的时候，它极其平静地躺在老地方，却已经没了气儿。它的魂已经飞走了，那只威震喀伦坡大草原的狼王罗坡，已经死了。

我把它脖子上的铁链解开，在一个牧人的帮助下将它放到了安放“白姐”尸体的小屋。当我们把它放在它妻子身边时，那个牧人大声说：“喂，你不是要找它吗？现在你们俩可以永远不分开了。”

一个多月以来，泉原地区的母鸡接二连三地神秘失踪。于是等我回来度假时，责无旁贷地开始寻找母鸡失踪的原因。很快我就发现，母鸡是在进出鸡舍时被一次一只地整个偷走的。

泉原狐

一个多月以来，泉原地区的母鸡接二连三地神秘失踪。于是等我回来度假时，责无旁贷地开始寻找母鸡失踪的原因。很快我就发现，母鸡是在进出鸡舍时被一次一只地偷走的。这肯定不是流浪汉和邻居的所为；而那些鸡也不是在栖息的高处被抓走的，所以浣熊和猫头鹰也是清白的；加上也没有发现那些鸡被吃得残骸遍地都是，所以黄鼠狼、臭鼬和水貂也是无辜的。这么一排除，惟一的嫌疑就落在了那只列那狐的身上。

接着，我在河边浅滩上仔细搜寻狐狸的痕迹，埃林代尔的大松树林在河的另一侧。我很快就发现了几处狐狸留下的痕迹，还有一根带条纹的羽毛，是从我们家的普利矛茨鸡身上扯落下来的。为了寻找更多的线索，我向岸边更高的地方爬去。这时，几只乌鸦突然发出巨大的尖叫声。我一回头，看到它们正向浅滩的什么东西俯冲下去。我居高临下地目睹了一场贼喊捉贼的闹剧——浅滩中央正是一只狐狸，嘴里叼着一只大母鸡；而那些乌鸦虽然跟强盗一样无耻，却永远先喊着“捉贼啊”，然后很快地加入到贼的行列，收受“封口费”，成为赃物的分享者。

这可是个古老的把戏，熟悉的人都知道乌鸦跟狐狸一样，沆瀣一气。此时，狐狸为了返回到家中，必须涉水过河。可这样就把自己暴露在一群强盗乌鸦的正面攻击下。狐狸只能向前猛冲，如果我不截击它，它本来是可以带着猎物过河的，结果却只能丢下自己辛苦捉来的母鸡，仓皇消失在对面的树林里。

如此大量而有计划地寻找和搬运食物，只能说明一个问题——它家里还有一窝小狐狸！我打定主意，一定要找到他们。

那天傍晚时分，我带着猎犬罗杰出发了。过河后，进入了那片茂密的埃林代尔森林。猎犬刚开始四处搜索，我就听见从山谷里传来狐狸短促尖厉的叫声。罗杰立即跑了过去，沿路找到了狐狸的臭迹，兴奋地直追上去，直到狐狸的声音消失在远处的高地上。

一个小时后，罗杰气喘吁吁地跑回来了。八月酷热的天气，它浑身都冒着热气，精疲力竭地躺在了我的脚下。几乎是同时，就在我们的附近又响起了狐狸的叫声，于是罗杰噌的一声，又蹿了出去，再次追赶那狐狸。

它发出粗哑的吼声，向北面跑去，消失在夜幕中。我听到响亮的“不，不”声先变成了低沉的“呜、呜”声，随即变成了微弱的“嗷、嗷”声，终于什么都听不见了。我猜想，它们一定是跑到几英里之外去了。因为即使我把耳朵贴近地面也听不到任何声音。

我在黑暗的树林里等待，听见水珠滴落下来的美妙声响：“叮、当、叮、当、咚……”

我从没听说这附近有泉水，在如此炎热的天气，这真是

个令人兴奋的发现。然后这水声却把我带到了一株粗大的橡树跟前。在这儿，我发现了它的源头。那美妙动听的水滴声清脆地响着，使这样的夜晚充满了愉快的遐想：

叮、当、叮、当、咚

叮、当、叮、当、咚

喝上一大桶，喝吧，喝醉了吧。

突然，传来了低沉粗重的呼吸声和树叶的沙沙声，罗杰回来了。它看上去完全累垮了，伸出的舌头几乎快碰到地面。它的两肋剧烈起伏着，流涎从舌头上滴下来，浑身都是热汗。它看到我后，止住了喘息，在我手心上舔了舔，然后就在落叶上躺了下来。那大声喘气的声音把一切声音都掩盖了。

但是，那撩人的狐狸叫声，又从几英尺外的地方传来。这时的我才恍然大悟。

原来，我们现在离小狐狸的巢穴一定很近，而那两只老狐狸正在试图轮流把我们引开。

想通了这一点，我也不再着急抓他们了。天色已经晚了，我决定带着罗杰回家。我想解决的问题，很快就能有个结果了 。

其实人们都知道这附近住着老狐狸和它的家人，只是没想到它们会住得这么近。我的发现算是第一个了。

那只老狐狸被人们叫做“疤脸”，因为它脸上有一道疤痕，从眼睛向后一直延伸到耳朵。可想而知，那是它在追逐兔子时，撞到铁丝网上留下的。伤口愈合之后，长出了一道白毛，成了它的一个突出的永久标记。

去年冬天我曾经见到过它，对它的本事有所领教。那天下过雪后，我到户外去打猎。穿过几块空地，来到老磨坊后面长满灌木丛的山谷边缘时，我抬起头，一眼就看到远处有一只狐狸正在快步跑过，路线正好和我的交叉。我立即停下不动，甚至连头也不敢随便转动，惟恐一不小心被它发现。我保持着这个姿势，直到它从灌木丛中消失。这时，我确信它不会再发现我，立即朝着山谷下面跑去，想在灌木的另一头将它截住。我跑到那里等着，但它始终没有出现。仔细搜索一番后，我发现了它的新痕迹，说明它早就从灌木丛里跑出来了。当我沿着新发现的痕迹继续追踪时，目光落到了老“疤脸”身上。原来，它就蹲坐在我身后不远处，似乎非常开心地呲着牙看着我 。

我仔细研究了一下它留下的痕迹，才知道事情的真相。原来在我看到它时，它也看到了我。但是它却像一个真正的猎手一样，故意装作没看见我。还在我毫无察觉的情况下溜出了我的视线，拼命奔跑，再绕到我的身后，开心满足地看着我的计划破产。

开春的时候，我又一次领教了“疤脸”的狡猾。当时，我正跟一个朋友走在高地的牧场上，经过一座距离我们三十英尺的山梁，那里有几块很大的石头。当我们走近时，我还在跟我的朋友说：

“嘿，伙计，你看那个第三块石头，真像一只蜷缩着的狐狸呢！”

直到我说这句话时，我依然没看出真相，而是继续向前走着。可还没走出几百码远，一阵风吹来，拂过那块“石头”，就像吹在毛皮上一样。

我的朋友说：“老兄，那肯定是只狐狸！他正在睡觉呢！”

“别着急，很快就能搞清楚了。”我一边回答他，一边转过身去。刚刚往前迈出一步，“疤脸”就跳了起来。天哪！真的是它！我们一走近它就一溜烟跑掉了。

牧场中央曾经起过一场火，留下了一条黑色的地带。它迅速地跑过了那个地方，钻入没被烧过的黄草中。它俯伏在那里，谁也看不见它，却一直都在注视着我们。只要我们还在这条路上没走，它就不会动弹。

这件事的奇妙之处倒不在于它像那块圆圆的石头或者枯黄的草，而在于它知道自己像石头，并且随时可以利用这一点。

不久，我们就发现“疤脸”和它的妻子在我们的林子里安了家，并把我们的仓前场院当作了它们的觅食基地。

第二天早晨，我们在松树林里搜查之后，发现了一个最近几个月才堆积起来的大土堆。这土堆一定来自于一个新的洞穴，但我们四处又找不到这么一个地洞。人们都知道，聪明的狐狸会在挖掘一个新洞时，把所有的土从第一个洞口运出来，然后挖一条通往远处的灌木林的地道。最后，把第一个非常显眼的洞口永远封闭起来，平常只使用隐蔽在灌木丛里的入口。

于是，当我在一个小山包的另一侧寻找了一会儿之后，我便发现了真正的入口。有足够的证据表明，那里面有一窝小狐狸。

山坡上有一棵空心的椴树，它明显高出了周围的灌木。椴树倾斜得很厉害，底部还有一个大洞，上面还有一个小洞。

附近的男孩子经常在这棵树上做瑞士的鲁滨逊游戏。他们在椴树松软腐朽的内壁上挖出台阶，便可以在里面上下自如地爬动。现在，这树派上了用场。第二天当太阳升起的时候，天气暖和了起来。我到那里开始了观察。从这个相当于“房顶”的位置上，我很快就看到了附近地洞里的那个小家庭。

有四只小狐狸，穿着毛茸茸的外套，长着长长的粗腿，带着无比天真的表情，看上去就像小羊羔似的。可如果再仔细看看它们宽宽的尖鼻子，带着敏锐灵动的神情，就会发现这些看似天真的小家伙，仍然具有老谋深算的老狐狸的特征。

小狐狸在安乐窝附近玩耍着，晒晒太阳或者互相角力，直到一个突然的响动使它们都迅速钻入地下。然而这阵惊慌是多余的，因为那是它们的妈妈来了。母狐狸从灌木丛中走出来，嘴里又叼着一只母鸡。就我所能记得的，这应该是第十七只了。它对孩子们发出低低的呼唤声，那帮小家伙们就欢蹦乱跳地跑了出来。接着发生的一幕，我觉得挺动人的，可恐怕我的叔叔见了不一定会喜欢。

小狐狸们跑向母鸡，与母鸡翻滚在一起。它们的母亲欣慰地看着这群孩子，同时也警觉地提防着敌人。狐狸妈妈的表情实在是了不起，它快活地咧开嘴笑着，充满了自豪的母爱，可同时也保持着固有的野性和狡猾，残忍和紧张的天性也丝毫不减。然而在这种时刻，这些都无法与它那一目了然、充满骄傲与母爱的神情相比。

我的隐蔽所在灌木丛中，比狐狸的巢穴所在的小山要低许多，所以我可以放心地自由来去，一点都不担心会惊吓到这些狐狸。

一连许多天，我都到那儿去，看见了不少老狐狸对幼狐的

训练。它们很早就学会了在听到一丁点响动时，立刻就变成一动不动的雕塑。而这种声音再次响起，或者出现更令人恐惧的其他动静时，它们就会飞快地跑开去躲藏起来。

有些动物们的母爱是如此的强烈，它传播开来，甚至会使不相干的人也受到感染。母狐狸看上去并不太老，从幼崽身上得到的快乐会导致最精致的残忍。它常常为孩子们带来活着的老鼠和鸟，怀着凶恶的温柔，使猎物不受损伤的情况下，让自己的幼崽可以更多地学习折磨它们。

山顶上的果园里住着一只土拨鼠，既不漂亮也不聪明，但却很懂得照顾自己。它在一棵老松树桩的根里挖了一个洞，这样狐狸即使找到它也无法把它挖出来。但是这家伙的生活方式不适应艰苦的劳动,所以认为智慧比辛苦劳作更有意义。通常,每天早上这只土拨鼠都会到树桩上晒晒太阳。如果附近有狐狸活动的话，就马上从树桩上下到洞口，一边观察一边等候。如果敌人靠得太近了,它就会一溜烟地钻进洞里,直到危险过去为止。

一天早晨，母狐和它的配偶似乎觉得应该让孩子们学学如何捕捉土拨鼠的课程了。于是它们就朝果园的围栏走去，不让树桩上的土拨鼠看到。然后，“疤脸”就在果园里首先露面，在距离树桩一段距离的地方悄悄走过，故意让土拨鼠看到。它一次都没有回头，决心不让始终保持着警惕的土拨鼠认为自己受到了监视。当它走到田里时，土拨鼠悄悄地走下来，来到洞穴的入口处，继续观察周围的情况。本来它是打算等狐狸离开的，可呆了一会儿，觉得还是钻进洞里比较保险。

这正是这对狐狸求之不得的事。母狐狸在“疤脸”活动的过程中，一直躲在土拨鼠的视线之外，现在她迅速地向树桩跑去，在土拨鼠后面躲藏起来。这时，“疤脸”还在往前走，不过速度非常慢。土拨鼠刚才并没受到大的惊吓，所以在洞里呆了没多久，又探出头来向四周张望。它看到那只狐狸还在往前走，越走越远，于是胆子大了起来。它又往外走了一点，看到自己的地盘已经安全了，于是往树桩上爬。说时迟那时快，一直伺机而动的母狐狸跳起来一把抓住了它。它被使劲地甩来甩去，很快就失去了知觉。

“疤脸”一直用眼角观察着这一切，这时跑了过来。但母狐狸已经叼着土拨鼠朝家走去了，“疤脸”于是知道，自己的任务已经完成。

母狐小心翼翼地叼着猎物回到家中。到家时那土拨鼠还稍微挣扎了一下。母狐对着巢穴发出了一声呼唤，就像召集小学里的男孩子做游戏一样，把孩子们召唤出来了。它把受伤的猎物抛给它们，小狐狸们立即像四个狂徒一般扑了上来，发出小小的咆哮。它们使出吃奶的劲儿咬着土拨鼠。而清醒过来的土拨鼠也在为了求生而做最后的挣扎。它一面想把小狐狸赶走，一面朝着灌木爬去，想就此隐藏起来。这些被母狐看见后，冲到了土拨鼠面前，又把它拖回到空地上，重新交给小狐狸。一次又一次地，它们重复着这残酷的游戏，直到小狐狸中的一个被土拨鼠狠狠咬伤了，发出痛苦的尖叫声。被激怒的母狐狸立马跳了过去，结束了土拨鼠的苦难生命，并叫孩子们吃掉了它 。

就在离这个巢穴不远的地方，有块长满杂草的空地。那是一群田鼠的活动场所。就在这块离家不远的地方，小狐狸们要接受森林知识的初级课程。在这里，它们上了关于田鼠的第一课，这是狩猎中最简单的一课。上课时，利用狐狸天赋的本能做出表率是非常重要的，老狐狸们在做示范的同时，也会用到一两种手势，比如“安静躺着，仔细观察”，“过来，照我的样子做”等等。

在一个无风的晴朗之夜，快乐的狐狸一家来到了这块空地。狐狸妈妈让小狐狸安静地躺在草地里，一起等待猎物的出现。不一会儿，轻微的吱吱声表明猎物已经开始活动。母狐悄悄抬起身体，踮起脚走进了草地。它没有蹲下身体，而是尽量把身体直立起来，用后腿支撑起自己，以便将草丛中的情况看得更清楚。

田鼠的行踪隐没在杂乱的草丛里。要想发现它们的踪迹，惟一的办法就是观察草的轻微摇动。这也是为什么只有在无风的日子才能捉到田鼠的原因。只有先发现田鼠的方位，才能有机会抓住它们。

母狐发现了田鼠的踪迹，飞身一跃而起，在它抓住的一把干草里，有一只正在发出垂死挣扎声的田鼠。

很快，这只田鼠就被吞食得一干二净。四只笨拙的小狐狸尝试着按照妈妈的样子做，终于，当最大的一只小狐狸抓到了平生第一只猎物之后，兴奋地颤抖着，带着与生俱来的野性，急迫地将珍珠般的乳牙插进了田鼠的身体。这种感觉，一定会让它留下无比美妙的印象。

另一堂课是关于红松鼠的。在这些吵嚷粗俗的家伙中，有一只就住在狐狸一家附近。它待在安全的高处，常常把白天的一大部分时间花在咒骂狐狸上。有很多次，当这只红松鼠在树林间的空地上，从一棵树跑到另一棵树，或者在距离狐狸们一英尺左右的地方唾沫横飞地咒骂它们时，小狐狸都试图要抓住它，但始终没有成功。

然而，老狐狸是谙熟自然历史和森林法则的。它了解松鼠的习性，一旦时机成熟，它就会用这只松鼠做例子给孩子们上

课 。

这会儿，它把小狐狸隐蔽好，然后躺在空地的中央，有意等待红松鼠的出现。果然，那小家伙跑来了，像往常那样破口大骂。但是老狐狸似乎没听见，纹丝不动地继续躺在那里。这下松鼠靠得更近了，最后，干脆在狐狸头顶上喋喋不休起来：

“你这强盗，你这强盗！”

但是母狐狸一动不动地躺在地上，像死了一样。这实在太令人不安了。红松鼠终于从树干上走下来，环顾四周，然后紧张地冲过草地，爬到了另一棵树上。到了安全的高处后，它又咒骂了起来：

“你这畜生，你这没用的畜生！疤——脸啊！”

然而母狐狸依旧纹丝不动地躺着，一点都不生气。这种场面对松鼠来说实在太诱人了。它本来就是个天性好奇的家伙，喜欢冒险。于是，它又下到了地面，快步跑过空地，跟狐狸的距离更近了。

母狐狸还是直挺挺地躺着。“它一定是死了。一定是的。”连躲在一边的小狐狸也开始怀疑自己的母亲是不是死了。

鲁莽疯狂的好奇心使得松鼠无法安宁。它扔下一块树皮，打在了母狐头上。它用尽了所有咒骂的字眼，说完一遍再重复一遍，却还是没有激起母狐任何生命的迹象。在空地上来回跑过几次后，它的胆子更大了，来到保持警戒距离的母狐旁边。这时，母狐狸从地上一跃而起，一眨眼的功夫就把红松鼠给抓住了！

这就是小狐狸们的基础教育。随着它们越来越强壮，便被父母带到了更远的地方，开始学习臭迹和气味的高级课程。

它们要学习的本领实在太多了，包括每种猎物的捕获方法。因为每种动物都有某种极大的天赋保护自己，不然就无法存活；同时，它们也有极大的弱点，否则其他动物就无法生存。对于松鼠而言，它们的弱点就是愚蠢的好奇心；而狐狸的弱点，便在于它们不会爬树。小狐狸的训练课程是它们擅长的灵巧游戏，还要教给它们利用其他动物的弱点来弥补自己的不足之处。

从父母那里，小狐狸们学到了狐狸家族里最重要的座右铭。怎么学到的呢？一两句话可不容易说明白。但有一点是无庸置疑的，它们是在父母的陪伴下学到这些知识的。下面几条就是狐狸的座右铭（当然不是它们通过语言告诉我的）：

千万别在留下臭迹的路上睡觉；

鼻子要放在眼睛前面，永远都要首先信任它；

只有傻瓜才顺风奔跑；

穿过小溪可以治好很多毛病；

如果有遮挡的地方，就千万别待在空地上；

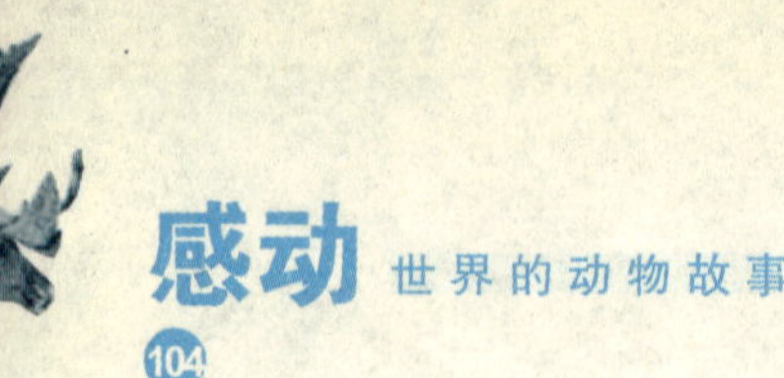

如果可以留下曲折的臭迹，就决不要留下直线的臭迹；

凡是陌生的东西，就是有敌意的东西；

灰尘和水可以消除留下的气味；

决不要在有兔子的树林里捕捉田鼠，或者在母鸡场里捕捉兔子；

要记得躲开草……

这些座右铭的意义逐渐深入了小狐狸们的头脑里。所以，它们明白，“永远别跟踪你嗅不出来的气味”是明智的选择。因为如果你嗅不出别人的气味，那么风一定让别人嗅见了你的气味。

就这样，一个接一个的，小狐狸们学会了自家门口林子里的所有动物的知识。当它们能跟随父母们到更广阔的地方去时，又学会了其他动物的相关知识。最初，年少气盛的它们以为已经了解了每个活着的动物的气味，但是有一天夜晚，母亲把它们带到一块田里，地上有一个扁平陌生的黑色东西。它有意让孩子们上前闻了闻。那帮孩子只是稍微嗅了嗅，每根毛发就竖了起来。它们颤抖着，不知道为什么，那气味仿佛激发了它们与生俱来的仇恨和恐惧。这时母狐狸才慢悠悠地告诉它们：

“这是人的气味，你们最应该了解的气味！”

母鸡还在继续失踪。不知道为什么，我没有出卖狐狸们的巢穴。的确，我替那些小家伙着想得远比母鸡多。而与此同时，我的叔叔却非常生气，他用最轻蔑的口吻谈论着我的林中“狩猎”。为了让他高兴点，一天，我带着狗穿过树林，在空旷山坡上的一个树桩上坐了下来。当然，狗没闲着，我让它继续往前走。没过三分钟，它就发出了每个猎人都明白的吼叫声：“狐狸！狐狸！就在下面的山谷里！”

我坐着没动，过了一会儿，就听见狗和狐狸都往回走的声音。转眼我就看见了“疤脸”，正轻轻地大步慢跑着，穿过河滩跑向河水。等它跑进了河水，在浅滩里快步跑了两百码左右，便径直朝我的方向走来。虽然一目了然，它却看不见我，自顾自地朝山上走，不时回头注视猎狗的动向。在距离我十英尺的地方，它停了下来，背对着我，伸长脖子探看猎狗的行动。猎狗罗杰正沿着臭迹，咆哮着走过来，一直跟踪到气味消失的水边。看上去它有些困惑，惟一能做的就是在河水两岸上下左右地晃悠，想找出狐狸离开河水的地方。

在我前方不远处的“疤脸”稍微移动了一下身体，想看得更清楚一些，带着非常人性的好奇监视着在河岸团团打转的猎狗。此刻，它离我是那么近，以至于我能看见它肩上的毛发竖立起来，肋部显现出心脏的跳动，还有，那闪闪发光的黄眼珠。

当罗杰对着河水无计可施时，这只老狐狸显出十分滑稽可笑的样子。它没办法安静下来，快活地上下摇晃身体，并用后腿支撑起自己，以便清楚地看到行动笨拙缓慢的猎狗。虽然不是在嗅猎物或者啃噬东西，它的嘴却大张着，快要咧到牙根了。随后，它又重重喘了一口气，那样子简直就像是在大笑一样。

就这样，老“疤脸”带着巨大的喜悦溜掉了，留下那条猎狗还在疑惑不解地继续寻找它的踪迹。到最后，它所发现的气味已经变得模糊不清时，才能勉强跟踪前来。这时的它，已经觉得没必要再大声吼叫了，因为已经没什么意义。

当罗杰向山上走来时，老狐狸已经悄悄进入了树林。我在只有十英尺的距离外，一直坐着，把一切看得清清楚楚。因为我坐在逆风的方向，一动不动，所以那只老狐狸永远都不知道在刚才的二十分钟里，它处于最害怕的人的掌握中。罗杰本来也会像狐狸那样从我身边走过去，但我还是叫住了它。看上去它有些受惊，随后便扔下了一路寻过来的臭迹，有些扭捏地在我脚边躺下。

接连几天，这样的小戏剧不断地上演。从河对岸的房子里，这一切都能看得清清楚楚。叔叔对于母鸡每天失踪已经烦不可耐了，终于亲自出马，坐在了小山的空旷处守候盗贼。当老“疤脸”再次小跑着在下面的河岸挑衅迟钝的猎狗时，叔叔毫不犹豫地朝它背后开了枪。

“疤脸”就这么一命呜呼了。

但母鸡仍然在丢失。这可让叔叔非常生气，他决心要亲自发动一场狐狸歼灭战。于是，冒着猎狗可能被毒死的危险，在树林里撒下了毒饵。当然，他对我过去这些天在树林里的行为表示了极大的鄙视，一到晚上，便独自带上枪和两只猎狗出去搜寻，试图打到些什么。

可惜的是，母狐对毒饵了解得一清二楚。它要么绕道而行，要么走上前充满鄙夷地看看。自从它把这么一块东西扔进了老对头土拨鼠的洞里去后，谁也没有再见到过这个土拨鼠了。

先前，总是由老“疤脸”负责对付猎狗，保护狐狸一家的安全；可现在，这副重担已经落到了母狐狸身上。它已经不可能再有时间清除所有通向洞穴的踪迹，也不可能在遇上接近巢穴的敌人时，次次都能将他们引开。

所以结局很明显。没过多久，罗杰就嗅到了一股狐狸的强烈臭迹，一路追踪到洞穴门口。而另一只名叫“点子”的猎狐犬则立即宣布了这家狐狸正在窝里，于是拼了命想钻进洞去。

现在，我一直为它们保守的秘密彻底揭穿了。这一家子注定要遭到灭顶之灾。很快，雇来的人就拿着铁锹把它们给挖了出来，而我和狗就站在旁边。老狐狸很快就在附近的林子里露了面，马上把狗引到了下面的河边。当机会来到时，它就跳到了一只羊背上，轻松地甩掉了猎狗。当然，它也知道自己的气味已经被无法逾越的距离隔断，于是很快地回到了洞穴。可是狗也因为受到挫折而很快地返回到洞穴旁边。这时，母狐绝望地徘徊在洞穴周围，徒劳地想把我们引开，离开它的那些小宝贝。

这时，那个雇来的爱尔兰人正在奋力挥舞着铁锹，夹杂着砾石的黄沙很快就在洞穴两边堆积起来，而他的肩膀比地面都

要低了。猎狗在老狐狸身后发狂地追来追去，而老狐狸则在附近的林子里跟猎狗兜着圈子。经过大概一小时的挖掘，兴奋的爱尔兰人终于叫道：

“我找到它们了！就在这里！”

巢穴就在地洞的最尽头，四只毛茸茸的小家伙正在拼命往里钻，似乎想求得更多的安全。

我还没来得及干预，一记致命的铁锹和突然冲上来的小猎狐犬就结果了三条小狐狸的性命。第四个，也就是最小的一个，因为被夹住了尾巴，那只兴奋的狗够不着它，这才勉强拣回了一条小命。

小狐狸发出短促的求救声，它那可怜的母亲朝着叫声走了过来。母狐渐渐靠近了过来，可是那只狗老是夹在中间，要不是它，母狐肯定会被一直瞄准的猎枪击中的。这时的母狐依然没有放弃，还在试图把猎狗引开。

剩下的那条活着的小狐狸被装进了口袋，显得非常安静。那些不幸的兄长们，被丢弃在死去的安乐窝里，几锹土就把它们埋葬了。

我们这些残忍的人们回到了家中，那只小狐狸很快就被铁链子拴在了院子里。谁也不知道为什么还让它活着。总之，人们的情绪似乎发生了变化，谁都没想到要去杀它。

这是只漂亮的小狐狸，像是狐狸和羊羔的混合体。它那毛茸茸的外貌和身形不可思议地就像一只小羊羔，看上去天真无邪。但是在它的黄眼珠里，闪烁着只属于狐狸的狡猾凶狠的目光。这是它与羊羔最不相像的地方。

只要有人在跟前，它就蜷缩起身子，阴沉地躲在一个木箱子后面。剩下它一个时，已经是一个多小时之后，它才敢四下张望。而我，就站在窗台前，注视着它的一举一动。

院子里有几只母鸡，就在小狐狸附近。它太熟悉这种动物了。那天下午刚刚偏晚的时候，当母鸡走到它近旁时，链子声突然响起。小狐狸朝着最近的一只母鸡冲了过去，幸亏有铁链拴着它，不然那只母鸡肯定又得遭殃。就这样，后来小狐狸又冲出去过几次，不过它已经精确地测算过链子的长度，以免自己跟第一次一样，猛地冲出去，超过了链子的允许长度，又被链子猛地拽回来。

夜晚逐渐来临。小狐狸开始变得不安起来。它溜出了箱子，但一受到惊吓，立即又拖着链子钻了回去。有时，它用前爪按住铁链疯狂地啃咬，有时又停下一切举动，似乎是在倾听什么，然后仰着黑鼻子发出一声短促颤抖的叫声。这样的情形重复了一两次，终于有了回应——老母狐从远处发出了独特的回应声。几分钟后，一个黑影子出现在木头堆上。小家伙立刻从箱子下面跑了出来，用它现在所能表达的全部内容欢迎它的母亲。母狐狸像闪电一样，飞快地叼起小狐狸转身就跑。可是，无情的铁链被拉到了头，小狐狸又从它嘴中被拽了回去。这时，有人开窗，它被开窗的声音吓了一跳，逃到木头堆上去了。

一个小时后，小狐狸已经不再来回跑动和叫唤了。我偷偷向外望去，借着月光看到了狐狸妈妈正伸展开身体，躺在小狐狸旁边，似乎在撕咬着什么，并发出了叮当的声音。那声音告诉我，它正在咬那条铁链。而那只小狐狸，正在吃母亲的奶。

等我走出来时，母狐已经逃进了黑暗一片的森林。但在箱子旁边，还放着两只小田鼠，他们身上带着血迹，看样子还是热的。这是慈爱的母亲给孩子送来的食物。第二天清晨，我才发现，小狐狸项圈两英寸的地方，铁链被磨得锃亮如新。

我接着朝林中狐狸一家被毁的巢穴走去，沿途发现了母狐留下的痕迹。心碎的母亲明显已经到这里来过，还挖出了小家伙的尸体。

三只幼小的狐狸躺在那里，全身已被舔得干干净净，身旁还有两只刚被杀死的母鸡。新堆起来的土上布满了显眼的印记，它们告诉我，母狐曾在死去的孩子身旁深情地注视着他们。它把它们日常的食物带到了这里，这是它夜里刚刚捕猎到的。在这儿，它曾经在小狐狸身边伸展开身体，试图给它们喂奶。它渴望孩子们能像从前那样，被它温暖，被它哺育。但它找到的却只是柔软容貌下的僵硬尸体，冷冰冰的小鼻子没有任何生命的气息。

那些印记显示出，它曾长时间地在这里躺着，无声悲哀地望着这些死去的孩子，像个发了疯的母亲。但自从这以后，它再也没回到过那个被毁的巢穴去。因为它已经确信，自己的孩子的确都已经死了。

这只被抓获的小狐狸名叫狄普，是一窝小家伙中最小的一个。现在，它成了母亲所有关爱的惟一接受者。猎狗都被放出来继续保护母鸡，而雇来的工人也得到了命令，一旦发现母狐，格杀勿论。我也被告知这样做，但我已经下定决心，不要与它碰面。

狐狸喜欢吃而狗不会碰的鸡头被掺进了毒药投在了树林里。通往狄普被拴的院子只有一条路，得冒着风险爬上木头堆才能进去。然而，母狐依然每天晚上出现。它来喂养自己的孩子，给孩子带来食物。虽然现在它不再等待孩子的求救声，可每次它来我都能看见它。

就在小狐狸被抓的第二天晚上，我听到了链子发出的声响，知道母狐又来了。它在小狐狸旁边辛苦地挖了一个洞，当洞差不多够埋进它身体的一半时，它把链子松弛的部分放进洞里埋了起来。然后，它以为自己成功地去掉了这根链子，叼着孩子扭头向木头堆跑去。可是，这么做的惟一结果仍旧是：小狐狸被狠狠地从它嘴里拽回来。

可怜的小家伙向木箱子爬去，悲伤地哭泣着。过了一会儿，几只狗叫了起来。它们在远处的树林里，正在追赶母狐。它们朝着北面的铁路方向跑去，渐渐消失了踪迹。第二天，狗没有回来。不久我们就知道了原因。原来，狐狸很早就知道了铁路是什么东西，并学会了如何利用。其中之一就是在受到猎狗追赶时，趁着火车快要开过来之前，先在铁路上跑长长的一段距离，故意留下明显的臭迹。留在铁轨上的气味本来就很弱，这样那些追寻臭迹的猎狗就很有可能被火车撞死。还有一招更为冒险，那就是在火车前面领着猎狗跑上高架桥，当火车在桥上超过它们时，猎狗必定会冲向火车自取灭亡。

这个计划安排得实在巧妙，我们果然在铁路上找到了罗杰残缺不全的尸体。我们明白，母狐是在进行报复。

当天夜晚，疲惫的“点子”回家前，母狐回到了院子里。它杀死了一只母鸡当作食物带给狄普，在它身旁躺下让它喝奶。它固执地以为，它如果不来的话，自己的孩子就会被饿死。

而正是这只被杀死的母鸡，使得我叔叔知道了母狐的行踪。

虽然我所有的同情就集中到了这只失去孩子的可怜的母狐身上，但是对于组织捕杀它的计划，我却无能为力。第二天晚上，叔叔亲自站岗，手拿猎枪守候了一个小时。不久，月亮被云层遮掩，天气逐渐凉了下来。他突然想起有件重要的事情忘记办了，于是叫爱尔兰人过来替换他。

然而，雇佣来的爱尔兰人非常容易焦躁不安，两声枪响之后，我们赶到了那里。结果什么都没有发生。

可是母鸡又少了一只。接下来的夜里，叔叔担任警卫。夜里再次响起了枪声，可是跟前一夜一样，依然一无所获。到了第三天夜晚，母狐的顽强和忠诚，就算不能得到人们的宽容，也得到了人们的尊重。当一切都静下来之后，院子里没有再埋伏任何枪手。可是这么做还有作用吗？接连数次被枪声撵走的母狐，还会继续前来哺育和解救它的孩子吗？

它还会不会再来呢？所有人都在怀疑这个问题。可是，它的爱的确是一个母亲所具有的全部的爱。第四天晚上，只有我一个人注意到，随着小家伙颤抖的哀叫，木头堆上又出现了母狐的身影。

然而，这次却没见它带来食物。难道是它捕食失败了？或者，它明白了自己惟一需要照顾的孩子已经被人们在喂养？

不，根本不是如此！生活在荒野里的母亲，无论爱或者恨，都是实实在在的。它惟一的念头就是使孩子重获自由！虽然它已经尝试过一切它所知道的手段，但都失败了。

这一次，母狐只来了一会儿就走了。狄普抓住了母亲走后留下的那团食物，津津有味地放心咀嚼起来。但几乎就在同时，刀割般的剧痛突然发作，它只发出了一声急促的痛苦尖叫，短促地挣扎了几下，就倒地死了。

小狐狸死了，被自己母亲带来的毒饵毒死了。是的，虽然它有强烈的母爱，渴望受困的孩子能回到自己身边，但它还有一个更为强烈和与生俱来的信念，那就是自由！母狐非常知道毒饵的作用，它也知道，只要小狐狸活着，它就会教给它这方面的知识，让它能健康快乐地成长。可是，现在的它必须在孩子过着凄惨的囚禁生活和自由中做出选择。它选择了，尽力压抑住自己全心的母爱，引导这惟一的孩子走向敞开的自由之门——死亡。

雪又开始下起来。我们巡视着树林。当冬季到来之后，我们再也没有发现过母狐的踪影。谁都不知道它到哪儿去了。但有一点是可以肯定的，它已经离开了这里。

是啊，它可能去了某个遥远的狩猎场，把它那被杀害的孩子和伴侣的悲伤记忆留在身后。也许，它的远行只是为了摆脱自己心酸的记忆——像许多森林中野性的母亲一般，作为家庭中最后的成员，使用解放自己幼孩的权利。

那是一座仿佛用闪亮的缎子编织而成的高原，一望无垠的白雪覆盖着它，散发出银色的光芒，像是一匹华丽素净的丝绸。丝绸上缀满一串串藤花似的淡紫色花纹，那是开在山脊上的羽扁豆花；还有两条金色的细线，隐隐约约地绣在上面，远远望去，像是一根项链，而那项链般的痕迹，正是两只落矶大角羊的足印。

石山大王克拉格

第1章

那座高原位于遥远的西北方，起伏的土地上点缀着大小不一稀疏的灰紫色岩石，那正是春天献给高原的装饰品。高原上的春天，的确是世界上为数不多的美妙奇观之一。在这高寒的地带，黑夜般的冬天持续了六个月之久，春天姗姗来到后，大自然也会像殷勤的人们积攒金钱一样，蓄藏春天那一点一滴的欢欣与美丽 。

山脊北边的尽头矗立着原本毫无生气的甘达峰，现在也显得生机蓬勃起来了。在漫长的六个月冬季当中，高原上几乎寸草不生，现在却遍地开满了鲜艳夺目的花儿。但是，那些花尽管连绵如大海般辽阔，却只有一种——羽扁豆花。这些野花生长得凌乱不堪，完全是大自然无意而为之，可从稍远处望去却显得琳琅满目；如果在更远的山坡上欣赏，就变成一条蜿蜒曲折的彩带，又像紫色的云彩在天际间萦绕。

五月末的风一会儿夹杂着雪花，一会儿涌起大朵的云块，一会儿又撒下大片的冰雪，敲打着高原上的花。四周的景色一会儿变得泛白，一会儿又变成灰色。在景致一次次的变化中，那些花儿都换上了白色的羽衣。

由于羽扁豆的茎较之别的植物比较粗壮，也很强韧，所以能够抵御风雪的侵袭。积雪的重量使它们垂下了头，可是只要风一吹来，把那些积雪吹落，它们又会立即昂然抬起头来。这种坚韧不屈的精神与花那高贵的紫色显得如此相衬。

大雪像一位神秘的高人，来去毫无征兆，出其不意，更无定时。云彩散开，露出淡蓝色的天空，地上的积雪开始泛出白色的亮光。遍布在高原上的紫色花丛，断断续续地生长着，却拼出许多自然而美丽的图案，其中有两道很长的足迹，镶嵌在这美丽的图案里，不断地蜿蜒绵亘着。

相对于这个初春的季节，那些积雪显得有些不合节令，薄薄地铺在地上，却给猎人提供了所要跟踪猎物的足迹。猎人史谷堤老头拿着枪，来到他所住的小屋后面——那座没有草木的山冈。那里是有名的落矶大角山羊的住处。

高原上如此辽阔美丽的景色对于史谷堤而言，却是提不起半点兴趣。没过多久，他发现在刚下不久的雪地上有两道脚印，只看一眼他就断定那是两只完全成熟了的落矶大角母山羊的脚印，它们正朝着山峰缓缓前行呢。

史谷堤跟着脚印追踪了一会儿，渐渐弄清了一些详细情况：两只母山羊的脚印虽然显出它们多少有些惶恐不安，但似乎还没有发觉危险已经逼近自己。它们沿着隐蔽的地方前行着，有一两次卧倒在雪地上，但没过多久又站起身来，继续前进。看上去它们并不饿，因为沿途有很多食物，它们连碰也没碰。所有这些，都是来自史谷堤老头积累多年的捕猎经验。

史谷堤小心翼翼地继续往前走着，边走边抬头向远处张望。追踪的途中，他并没有破坏那些山羊留下的脚印，而是沿着相同的路线一路跟踪过去。他绕过一块大岩石，到了一个开满整片羽扁豆花的低洼地带。这时，突然有两只大角羊从花丛中跑了出来。

猎人史谷堤立刻举枪瞄准。本来，只要他一扣扳机，两只羊当中的一只或者是全部都将应声毙命，但是在他正要开枪之前，竟突然被几只小羊吸引住了。是啊，那是几只刚生下来不久，个头很小的落矶大角羊，它们用细长的还在微微打颤的脚站立着。到底是向这些刚刚冒出来的小羊下手，还是朝山羊妈妈开枪呢？史谷堤突然没了主意，在心里犹豫不决。

这时，两只山羊妈妈对小羊们发出了尖锐的叫声，在四周打了一个转，又回到了小羊身边。小羊仿佛也本能地知道，只有跟随与自己体型、气味一样的同类才是安全的。于是，它们也迈开蹒跚不稳的脚步，跟在羊妈妈后面，一步一步跟上前去 。

此刻，只要史谷堤愿意，可以轻而易举地杀死所有的羊，何况最近的一只离他也不过才二十米远。但是，人的心理往往会在关键时刻产生一种无法言表的感觉。这时，史谷堤内心突然涌起的是一股“把猎物生擒过来”的欲望。他想，小羊那么弱小，肯定很容易捕捉。他这么想着，就把枪放了下来，然后小心翼翼地一步步逼近那群动物。

一有动静，山羊妈妈立刻显出惧怕的神情，小羊也敏感地觉察到情况不对，好像听见妈妈在说：“孩子们，赶快离这个陌生人远远的！”对于这些小羊而言，这是它们出生以来遭遇的第一次危险。

所有的动物从一出生就具有大自然所赋予的求生本能。这些生下来还不到一个钟头的小羊，已经从这种本能中学到了求生的本领。它们的动作速度跟人比起来，原本应该是慢多了，可是突然间，这些临危的小羊像是获得了某种不可思议的力量一般，竟能灵活地躲避史谷堤的攻击。对此史谷堤更是惊讶得不明所以。

羊妈妈率先转身跑了开去，发出更加急促的叫声，催促小羊赶快逃命。史谷堤追得越紧，小羊就越来越害怕，它们使出全身的力气，撒开脚步向羊妈妈那边逃去。

因为地面上的积雪，史谷堤滑倒了好几次，好不容易爬起来，又失去重心滑倒。他伸出的手不只一次碰到小羊的身体，可是结果却一只也没有抓到。

这样的追逐持续了好一会儿，最终羊妈妈巧妙地带着小羊逃离了那片柔软的洼地。当它们跑到坚硬的地面时，小羊们的脚步踏实、坚强了许多。

史谷堤满心想着要抓到那些小羊，丝毫没有察觉到这是两只母羊悉心安排的追踪游戏。就这样，猎人和羊群都来到了甘达峰起伏的山崖旁边，母羊们纵身一跃，很

快就往山崖跳了过去。

小羊仿佛也被上天赐予了一股新的力量，就像小野鸭第一次下水一样，展现出与生俱来的天赋。它们跟在母羊后面，像长出翅膀一般飞跳过山崖。不用说，它们都把这满地石头的山崖当作躲避敌人的最好地方。小羊那又黑又小的蹄子，仿佛橡皮般柔软，在容易滑溜的地面上能够紧紧吸住，那种能力是人所望尘莫及的。不多会儿，它们就消失在山崖对面。

对这几只羊而言，这天的运气相当不错，因为追捕它们的史谷堤没有拿着枪。否则的话，即使它们跑到一百米外，也必死无疑。当然，这点史谷堤也知道。他很快回到刚才放枪的地方，但是刚准备抬枪射击，却发现此时山峰那边渐渐罩下了一层厚厚的云雾，根本无法瞄准目标。

刚才是北风带来的雪花，使山羊暴露了自己的脚印，引来猎人可怕的追赶；现在也是这多事的北风，带来阵阵的浓雾，遮掩了山羊的行踪。

史谷堤默默注视山崖的那一边——那些山羊逃窜的方向，有所感触似的自言自语道："这小东西啊！它们真是灵巧得难以应付，生下来才不过一个小时……"

第2章

遍布岩石的山峰对大角羊来说，其实并不是理想的住所。但是，为了逃避被捕杀的危险，为了刚出生的小羊们的安全，那里是最好的藏身之地。随后的几个星期，山羊们为了觅食，也跑到其他辽阔的地方，但是不管离开多远，它们总能平安地回到住地。

小羊长得非常快，不到一个星期的时间，身体的力量已经大有增长，即使遇到山猫，需要拼命逃跑的时候，也能紧跟在羊妈妈的后面快速奔跑。

整个高原上长满了繁茂的花草，母羊可以获得丰富的食物，供应小羊奶水当然绰绰有余。小羊们时常高兴地摇着尾巴，咬住妈妈的奶头不放。

那只白鼻子小羊，长得矮矮胖胖；另外一只虽然高大壮硕，但不幸的是，生下来两三天头上就长出一个小瘤来。

这两只小羊是很要好的伙伴。它们时常跑跑跳跳地闹着玩，时常又揪在一起，角力似的咬得难分难解。有时，它们会跑到附近一个不大不小的山冈上，玩起“作战游戏”：一只跑到山顶上假装防卫，不让另一只靠近，脚下踩着碎步，一边摇着那小小的头，仿佛它就是这座山头的首领；然后，两只山羊就竖起粉红色的耳朵，用软绵绵的头挤来挤去，两眼互相瞪着，故意装出凶恶的样子来吓唬对方。

像这样你推我搡地玩着游戏，最后总会分出个输赢。玩输的那只就会跪在地上，然后翻个身，举起脚来，好像在说：“这么差劲的山，我才不要呢！你喜欢就让给你吧！”边说还乐此不疲地不停重复这个动作。

玩这个游戏，总是那个白鼻子小羊获胜，因为它的身体比较重；但如果是赛跑游戏，头上长瘤的那只小羊就可以不费吹灰之力地夺得胜利。就这样，两只小羊好像不知道什么是疲劳似的，一天到晚蹦跳不止。

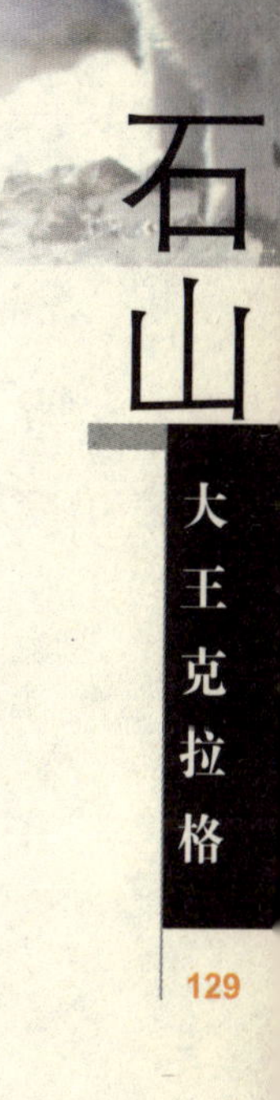

一到晚上，两只小羊回到羊妈妈的身旁，挨着妈妈的身体休息。头上长瘤的小羊总是精神饱满，也比那只白鼻子的起得早；那只白鼻子小羊可是个小懒虫，经常睡到日上三竿还不起来 。

无论什么地区的落矶大角羊，鼻子和屁股上的白斑大小都是差不多的。但这只白鼻子小羊不同，它的白斑又大又白，尤其是屁股上的毛，好像在向人示意“过来呀！来呀！”过于引人注目。所以一有机会，长瘤的小羊就会从后面向它撞过去。每天一大早，长瘤的小羊都会往白鼻子雪白的屁股上撞过去，把它叫醒，仿佛这么做很是开心。

落矶大角羊通常是成群结队地生活行动，它们的数量越多，防卫能力也就越强。然而居住在库特尼地区的猎人，个个都是狩猎专家，尤其是那位史谷堤老头，更是捕大角羊的能手。在他家的屋顶上，放着许多上好的羊角，屋里也堆积了许多羊皮，都是准备不久后带到市场上去卖的。

这些年，由于猎人们无情的捕杀，大角羊的数量锐减，从原来的大群队伍变成零零落落的分散小群。现在，最大的羊群不会超过三十头，更多都像出现在这个故事里的羊群那样，只有三四头而已。

六月刚开始的两个星期，史谷堤老头已经拿着枪，在大角羊经常出没的山头搜寻了两次了。他就是这样一个不按季节狩猎的猎人。

在这期间，只要母羊中的一只发现远处的史谷堤，就会迅速地率领羊群逃走；如果距离太近，就发出短促而特别的鼻音，警告大伙儿不要动。所有的羊立刻就像石头般站立在原地，以此瞒过猎人的眼睛。在这紧要关头，但凡哪只羊稍微动一下，就会引起猎人的注意，惨遭杀害。等到史谷堤走远了，羊群就马上集体逃到很远的地方去。

一天，羊群绕到松林的尽头，隐约地闻到一些异样的气味。羊群们仔细一看，吓得拼命逃跑。原来，这可怕的敌人是一只大黑熊。可惜它们发现得太晚了，那家伙很快就把白鼻子的妈妈活活咬死了，紧接着又向白鼻子猛扑过来。小羊第一次受到这样的惊吓，目瞪口呆地站在那儿，动弹不得。很快地，黑熊又把毫无抵抗能力的小羊活活地咬死。也许，对一只从此失去母亲的小羊来说，这也算是一种比较幸福的结局吧！

头上长瘤的小羊的妈妈，身材中等，是一只外表姣好的母大角羊。相对于别的母羊而言，它的角更长和锐利，而且具有更敏锐的警觉性。这一带，由于史谷堤的时常出没，羊群们都感觉到危机四伏。所以，当白鼻子羊母子遇难后，这只羊妈妈就下定决心要搬家了。

于是，羊妈妈带着那只长瘤的小羊，沿着甘达峰的山腹开始逃亡之旅。每到一处高地，在没有越过之前，它们一定会先站立不动，瞻前顾后地察看一会儿，看看否会遇上敌人。

一次，羊妈妈正在探测附近的情况，忽然看到身后正有一个略带黑色的东西在缓缓移动。仔细一看，啊！原来是史谷堤老头！从史谷堤那边看过来，羊妈妈所站立的地方应该很清楚，可是因为它一直静立不动，竟然没有被发现。

等到史谷堤老头刚刚消失在岩石的那一边，羊妈妈飞快往前逃去，小羊也紧跟在后。每当爬上山脊时，羊妈妈都会紧张地张望四方，等到确定没有敌人时，才悄悄地溜过，不敢发出一丝声响。整整一天，它们都像这样继续前进，直到离开发生危险的地方很远了，才渐渐放慢脚步。

这天，快到黄昏时，它们到达了一个很大的山脊上，隐约看见前面的山脊上好像有什么东西在动。仔细一看，才知道原来是自己的同类——它们全身都是灰色，而且脚上和屁股上也都有白色的斑纹。

那群落矶大角羊正迎着风前进。羊妈妈为了避免暴露行踪，依据自己的经验，带着小羊横穿过它们所经过的路前进。走了没多远，竟出乎意料地发现了一只很大的大角羊脚印，看那脚印，应该是一只公羊。

依照落矶大角羊的族内“法规”，公羊和公羊组成一个固定的团体，母羊和小羊组成一个团体。平常，公羊和母羊不能掺杂在一起，只有到了初冬求偶时节，才准许聚在一块儿。这个时期是公羊和母羊相爱的“法定时间”，它们准备着为大角羊传宗接代。

此刻，长瘤子小羊的妈妈发现那群羊是公羊之后，便不再跟踪它们的脚印。它们越过山脊，往另一个方向走去。让羊妈妈感到欣慰的是，这片地带是大角羊的势力范围。当天晚上，母子两个就在一个低洼的地方过夜。第二天清早，又继续上路，一边走，一边寻找食物。

可是这样没多久，羊妈妈就闻到了一种气味，于是停住了脚步。跟着，它又闻到另一种气味，然后是好多种气味混杂在一起。羊妈妈渐渐明白了这是怎么回事，原来它们碰到一群由母羊和小羊组成的羊群了。羊妈妈连忙追踪那些脚印，长瘤子小羊也发觉了这惊喜，连蹦带跳地跟了上去。

它们只跑了两三分钟，便发现了那群同族。那群羊差不多有十二只，跟它们长得一模一样。羊妈妈依然很谨慎，躲在石头后面，只露出头顶，因此那些羊群看不见它；可是长瘤子的小羊却好奇万分地伸出了圆圆的小头张望着。它这个小动作，马上就被羊群中一只细心的母羊发现了。

那只母羊发出一个信号，大伙儿立刻在原地站住，像雕像一样纹丝不动。

现在轮到长瘤子小羊的妈妈出场了，它不得不走上前去，让这些同类把自己看个清楚。

羊妈妈小心翼翼地靠近那群羊，羊群中站在最前头的那只母羊也向前一步，与羊妈妈对望着。它们互相闻闻气味，一声不响地你瞪着我、我瞪着你。接着，那只领头羊开始焦躁地跺脚，羊妈妈一看阵势不对，也摆好一副“你们尽管来，我不怕！”的架势，准备应战。两只羊一步步地靠拢，突然“卡嘶”一声，角与角碰在一起，开始一场你推我挤的激烈对决。羊妈妈扭一扭头，锐利的角尖刺中了对方的耳朵，领头羊痛苦难当地不断喘息，转过身很快就退回到羊群里。

羊妈妈趁胜追击，紧随在后。长瘤子小羊看到这场景，心慌意乱，不知所措，只好跟在妈妈身后。

羊群又开始前进了，它们换了一个方向，并簇拥到羊妈妈的周围，热烈地欢迎羊妈妈加入它们的行列。

可是同时，长瘤子小羊也要受到严厉的“入列考验”。原来，这个羊群里也有三四只小羊，年纪都比长瘤子小羊大，个子也比它高。跟别的动物一样，此刻它们正一起盘算着，准备欺负新来的小羊。

突然间，长瘤子小羊的屁股被撞了一下。不久以前，它也曾这样戏弄白鼻子小羊，现在却轮到被人戏弄。以前是它欺负人家，现在却轮到人家欺负它，那滋味可实在不好受！

于是，它想都没想，转身朝向袭击它的家伙，可其他的小羊又从别的方向撞它的屁股。就这样，不管它转身向谁，屁股总是挨撞。可怜的长瘤子小羊被撞得受不了，只好逃到羊妈妈的肚子底下躲起来。

第二天早上，羊群又开始了行程，小羊们又开始捉弄长瘤子小羊。这些小羊中年纪最大的是一只身材短小的小公羊。它有一对弯曲的小角，看上去好像整个身体也变得弯曲不堪，既别扭又滑稽。

长瘤子小羊被那一只粗鲁的小羊一撞，习惯性地用后脚支撑身体，重新站立起来。这时候，冷不防地又被迎面而来的小公羊撞倒在地。但它很快就爬起来，向小公羊扑过去。两个小小的头一相撞，发出像皮球互撞的“砰砰”声。一场小羊的争斗也正式开始了。

长瘤子小羊鼓起前所未有的勇气向挑衅的一方猛扑过去。双方头跟头碰在一起，接着往下滑到肩膀，然后歪到一旁。一开始，长瘤子小羊因为个头太小，暂居下风，可是不久，它那不凡的角瘤开始发挥作用。小公羊的肚子被角瘤撞了一次又一次，有些受不了，转身败阵而逃。在旁边围观的小羊们看到这种情形，都由衷地佩服起这只新来的小羊来，欢迎它也加入自己的行列。

第4章

人类的社会有各式各样的习俗和传统，动物的世界虽然亦是如此，它们也有与生俱来的生活方式。

比如，在鸡或牛的团体里，有新来的母鸡或母牛想加入它们的行列时，那些新来的同类必须以自己的本领获得其他成员的信任，而后才能在团体中获得一席之地。跟人类的族群一样，团体中的每一分子当初都是靠自己的本事才取得今天的地位。

一般说来，新成员的地位是依靠它自己的力量、勇气和敏捷得来的；有时，团体也会因为某个成员超凡的智慧或是灵敏的领悟力而接纳它。那么，作为一位野生动物的领导者，必须具备哪些条件呢？首先要说明的是，它不一定要力大无穷或是勇猛非凡——像那样的动物，或许可以用武力震慑大家，但却不足以做一个统帅。

对于这些野生动物而言，它们的领导者不可能像人类一样用投票等方式表决出来，却也是需要花费很长时间，相互仔细观察，获得大家一致的同意后，才推举出来的。领导者最大的责任是必须让每一个成员都觉得只有听从它才会安全，才能得到幸福。奇怪的是，这样的领导者，往往都不是由最有力气的雄性动物担任的，反而大都是些年老的雌性动物。尤其是大鹿、野牛、黑尾鹿、落矶大角羊，都遵循这种传统来选出首领。

甘达峰的这群大角山羊，由六七只母羊和它们的子女——三四只一岁左右的小羊，以及一只正处于发育期的公羊组织而成。

这只公羊虽然是整群羊里体格最强壮的，它的领导者却是一只年老而聪明的母羊。这只母羊并不是先前跟羊妈妈打斗的那只，它个子矮小，头上长着树头般短短的角，是那只粗鲁的小公羊的妈妈。

为什么大家都肯追随这只母羊呢？原因很简单，因为不管在任何情况下，它都能发挥智慧，得当地应对每件事情。本来在羊群中是不需要给谁取名字的，可是因为这只母羊绝顶聪明，所以它有一个名字，叫做“聪明羊”。

同时，就像大家在前面看到的一样，我们的羊妈妈也是一只很机警的大角羊。它的年纪虽然轻，却处处表现得镇静聪慧，它的眼睛、鼻子、耳朵都很灵敏，行事来更是小心谨慎，周密万分。相比而言，聪明羊的表现毫不逊色，它的动作很敏捷，有时候甚至比羊妈妈的警觉性还高，而且它很熟悉这一带的状况，这是别的羊恰恰所不及的。

不过对于动作敏捷这一点，它们两个似乎互不认输。聪明羊由于出现了一个新的强劲对手，开始担心自己的领导地位会让羊妈妈夺走。

一连好几个星期，这群羊因为时常受到敌人的袭击而东奔西逃。不过，幸亏它们有一位很好的领导者，所以总算还能有惊无险地过日子。

夏天转眼就到了，天气出奇的闷热，所有的羊心情都变得焦躁不安，既不找草吃，也不把吃进胃里的东西吐出来反刍，只是一动不动地呆立着。它们觉得胃不舒服，很想吃东西，可是不知道自己到底想吃什么。

聪明羊也一反常态，动不动就烦躁起来，跟别的羊一样，丝毫没有食欲。为了解决这个普遍面临的大问题，它率领着羊群开始下山。它们穿过森林，不停地从高处往下走，谁都不知道它究竟打算到哪里去。它们所经过的路都是第一次走的陌生地带，羊妈妈心里开始有些怀疑，时常停下脚步、踌躇不前，莫名地感到十分不安。

然而聪明羊依旧不慌不忙地带领大家前进。如果羊群中有谁停住脚步，它就招呼着它说："你是不是不想跟去呢？"这样一来，大多数的羊虽然都怀着不安的心情，却仍旧跟在它的后面继续向前进。聪明羊的神情总是那么沉着，让大家觉得靠得住，于是都毫无异议地跟随着它。

就这样，它们离开了大角羊以前居住的安全地带，越走越远，终于来到了山脚下。这时，聪明羊突然竖起了耳朵，仔细地张望前方，站在它旁边的伙伴们也都振作起精神。这时的它们并不觉得渴，只是觉得胃里急需填充一些什么东西才能舒服些。

眼下，它们突然感觉到，它们所企盼的东西就要出现了。

看啊！它们的眼前出现了广阔的山坡，山坡下面有一道白线。聪明羊在前面带领着羊群，向白线的一端走去。到了那儿，只见四周都被一种白色的东西覆盖着，所以从远处望过来，好像一条白带子。所有的羊一看到那白色的东西，等不及有谁号召，

立刻用舌头舔了起来。

哇！像这么美味的东西，它们还从来不曾吃过。于是它们舔了又舔，吃了又吃，总是觉得吃不够。不知不觉间，它们的喉咙不再干渴，眼睛和耳朵的灼热也消散了，头也不再痛了，原本又热又痒的皮肤也变得清爽无比，甚至连失常的胃也恢复了正常。这些日子以来，一直困扰它们的不安情绪完全消失了。或者可以说，它们那些莫名其妙的疾病已经奇迹般地痊愈了。那些白色的食物对它们而言，真算是神赐的灵丹妙药。不过你可知道，那些白白的东西其实只是我们日常调味用的盐罢了。

盐，对当时的这些羊来讲，的确是一种很重要的东西，因为它们所患的疾病只要舔到了这些盐就能立刻痊愈。谁都无法猜透，聪明羊竟具备这种不可思议的智慧，把羊群带到了这里。

有这么一个道理：年轻无知的小动物最好听从经验丰富的妈妈的话，才不会发生什么意外的灾难。对于一只愚笨而凡事柔顺的小羊来说，它的生活际遇要比那些聪明而又不听话的小羊幸福安全多了。

这群羊已经在这里逗留了差不多一两个钟头，还在一刻不停地尽情舔盐，仿佛惟有这么做疾病才会永远根除。这时的聪明羊早已转过身，想要回到高原上去，可是山谷中的牧草长得实在太茂盛了，羊群们都舍不得放弃。尤其是那些快要断奶的小羊们，看到这一片天然的好牧场，早已乐得流连忘返，迟迟不肯离去。聪明羊当然也知道这是个补充营养的好地方，可是隐隐地，它又对这片紧接森林的牧场有一种不祥的预感，仿佛到处都隐藏着未知的危机，随时都会遭到敌人的攻击。总之，依照它的判断，这里绝非久留之地，安全之计是尽早离开 。

这时，聪明羊和羊妈妈两个统一了意见，都认为应该赶快离开此地，回到属于大角羊的安全地带。于是，聪明羊领头开始动身了。其他的小羊们虽然心里很不情愿，但也不敢违抗。只有那头粗角的小羊依旧一心一意、津津有味地吃着牧草，舍不得跟伙伴们上路回去。

在前面领头走了一会儿，聪明羊才发现它的宝贝儿子不见了。这时，它听见了“咩——”的叫声，只好又折回到儿子逗留的地方。

原来粗角还站在那里犹豫不决。聪明羊终于缠不过儿子的撒娇，失去了原有的理智和聪慧，打算留在这里。这下好了，其他的伙伴们都跟着它留了下来。夜晚来临，它们就在大森林附近的树下睡觉休息。

通常，美洲狮在偷袭猎物的时候，都是静寂无声的，它们像影子一般偷偷接近，然后猝不及防地扑向猎物。就在羊群在此安歇的夜晚，恰好有一头又大又饿的美洲狮，发现了这群美味的猎物，正一声不响地蹑着脚向它们逼近。突然，它的脚不小心踢到了一块小石头，小石头从山坡上滚了下来。

这虽然是极小极小的声响，可是却让机灵的羊妈妈听到了，它发出"哼——"的一声又长又大的鼻息，叫醒了身边的长瘤子小羊，然后趁着黑暗爬上山崖，往安全的大角羊的地盘直奔而去。

其他的羊也随后从睡梦中惊醒。这时，美洲狮已经冲入到羊群中。聪明羊"啪"的一声跳了起来，向儿子示意，跟着自己一起逃到安全地带。

谁知那任性惯了的粗角竟自作聪明地往别的方向逃去。当它发觉只剩下自己孤单一个时，便又"咩咩——"地发出哭声。听到儿子的哭声，原本已经跑到山崖上的聪明羊奋不顾身地跑下山崖，冲向儿子所在的地方。不幸的是，恰好和美洲狮撞个正着。美洲狮凶猛地扑向聪明羊，把它抓翻在地。

其他羊飞快地从聪明羊身旁跑过，落荒而逃。美洲狮想扑向它们时，它们已经逃到安全的地带去了。

羊群一只只往高原上拼命奔逃，跑在最前面的羊妈妈终于放慢了脚步，让跟在后头的伙伴们追上来。这群羊的领导者很自然地突然变成羊妈妈了。此刻的它们都以为聪明羊一定被美洲狮咬死了。

当大家重新聚集到一起后，都不自觉地转身往后看，希望能奇迹般地看到聪明羊母子安然无恙地回来。

这时，突然从很远的山下传来小羊的哭声，大家都竖起耳朵静静听着，它们明白，如果这时很快地做出回应，将是非常错误的举动，说不定那是敌人事先布好的陷阱，故意引诱它们上钩呢。可是它们又听到了一声哭声，这声音是那么的熟悉，那一定是自己伙伴的声音。于是，羊妈妈朝着山下回应了一声。

这时，山下传来石头滚落的声音，好像有什么东西想爬上山崖。同时，又再次传来求救似的一声“咩——”。只见粗角小羊跌跌撞撞地爬了上来，回到伙伴们的身旁。此时的它已经变成孤儿了。

粗角好像还不知道因为自己一时的任性，已经使妈妈惨遭不幸，嘴里仍不停地叫着妈妈。可是无论它叫得怎样声嘶力竭，妈妈再也不会回来了。因为想念妈妈，它既不吃草，也不喝水，只是吵着要吃妈妈的奶。对于一只还没独立的小羊而

言，它还不能接受自己变成孤儿这一事实，等待无望下，终于忍不住又哭了出来。

到了晚上，粗角又饿又冷，发出颤抖的呻吟。它很想靠近别的羊身旁取暖，可是不知道为什么，大伙儿都不理它。只有那个新领袖羊妈妈对粗角的呼唤回应了一两次。羊妈妈躺卧着，粗角不知不觉靠了过去，和常常被它欺负的长瘤子小羊依偎在一起。

第二天早上，羊妈妈对粗角就像待自己的孩子一样，两只小羊紧紧地依偎在一起，当妈妈的它只闻到它的孩子的气味，而闻不出粗角来。长瘤子小羊咬住妈妈的奶头，津津有味地吮了起来；饥饿可怜的粗角也跟它一起，咬住羊妈妈的奶头，贪婪地吮着。

长瘤子小羊享受这顿丰盛的早餐是它生下来就有的权利。而现在，常常欺负它的粗角也与它鼻尖对着鼻尖，分享这种权利，看上去实在很不公平。可是羊妈妈和长瘤子小羊似乎对此都没有什么异议。于是，粗角变成了长瘤子小羊的兄弟——羊妈妈的养子。

羊妈妈的聪明伶俐已得到公认，谁也胜不过它。现在，它对这一带的各种情形更是熟悉得一清二楚，大家都衷心地服从这位新的领导；而粗角也和长瘤子小羊一样，被大家公认是羊妈妈的孩子。

这两只小羊，在各方面所受到的待遇，都像一对亲兄弟，可是粗角对于疼爱它的养母羊妈妈，却一点感激之情也没有，而且一直记着过去长瘤子小羊击败它的怨恨，虽然每天和长瘤子小羊一起吮着羊妈妈的奶，但一有机会，就想报复长瘤子小羊。

不过，现在的长瘤子小羊可非比以前了，逐渐强壮起来的它更能保卫自己了。在一次次的争斗中，它曾经把向自己挑衅的粗角刺倒两三次，让粗角吃了大亏。

两只小羊就这样在争斗中渐渐长大。粗角的身材变得矮小肥胖，头上长出的角也是又粗又大，显得非常的粗鲁野蛮；而长瘤子小羊的角长得既修长又端正，与粗角比起来，差别很大，它头上那个角瘤也逐渐消失，成为童年的回忆。

那么从现在起，我们就把它改名为“克拉格”吧！这是几年后甘达峰的居民给它取的名字，代表“岩角”的意思。因为后来的他还以这个名字，在大角羊的历史上留下辉煌的一页。

在这个夏季里，克拉格和粗角的智慧和体格都发育得很好，也学会了许多落矶大角羊的传统技能。当它们发现了异常情况时，就会发出“哼”的警戒信号；当它们知道危机临头时，就会“哼！哼！”发出两声信号。此外，它们也认得

它们还学会了“之”字形的跳跃，这样可以躲闪敌人的攻击。此外，它们更学会了如何在杂草多而且容易滑倒的山坡上，来去自如地跳跃行走，而不会发生危险。对于这方面的技术，长大的克拉格要比妈妈来得更加高明。

很快的，这两只小羊已经可以自己吃草度日，更具备了独立生活的能力；换句话说，它们该断奶了。对于羊妈妈而言，从此就可以好好地调养身体，在体内贮存足够的脂肪来防备冬日的严寒了。

小羊们却害怕再也吃不到美味的奶水，不愿意这么快就断奶。可是，羊妈妈的奶水日渐稀少，而小羊头上长出的角又常常刺痛它的腹部，于是羊妈妈干脆就不让他们吃奶了。

于是，在初雪还没有把整个高原染成白灰色之前，小羊们已经完全能够独立生活了。它们每天自己找寻食物充饥，再也不用妈妈代劳了。

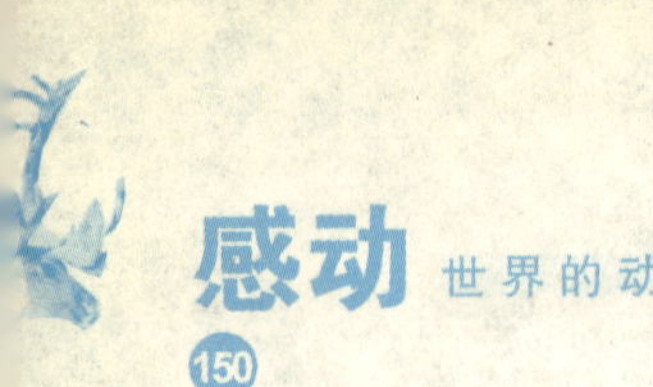

冬季转眼又来临，开始下雪了，空气冷得像刀一样，快要把皮肤冻裂。每年的这个时候，落矶大角羊的结婚季节也隆重揭幕了。羊群为了寻找中意的对象，开始在山丘上徘徊。

羊妈妈率领的羊群，在夏季曾有好几次在远远的地方看到其他的大角羊群。那时，这两群同类都极力避免聚在一起。然而现在，它们的眼前出现了两只巨大的大角羊，它们彼此互通信号，这一次双方都没有逃避的意思。

于是，两只身材高大的陌生大角羊挨近了。那是两只长着弯弯曲曲的大角、外表魁梧的公羊。它们就像在炫耀自己优越的外貌和强健的体格，慢慢向羊妈妈的羊群靠近。

和往常一样，羊妈妈所率领的羊群，一直没有露出和气的神色。可是等到它们看清来者后，突然间似乎变得害羞起来，好像有意躲避陌生者似的，转过头去看别的地方，故意不正视那两只公羊。不久，追逐游戏又开始了，它们来来回回地跑来跑去。最后，那两只公羊才获准加入这群羊的行列。

当然,随即就发生了不可避免的争吵。这两只公羊原本是很要好的朋友,可是现在却因为争风吃醋而不顾情谊地大打出手,它们用角相互抵撞,彼此纠缠在一起。

没过一会儿,体重较轻的公羊被摔倒了,从地上爬了起来匆忙逃走。胜利者耀武扬威地在它后面追逐了三四百米,这才高高兴兴地回来。就这样，那只公羊变成了这群母羊的主人了。

从此,克拉格和粗角被抛弃在了一旁。它们总是战战兢兢地看着那只已经成为这群母羊领导者的公羊,心里都想着: 为了自身的安全,最好与它保持一定的距离。

整个初冬季节，这群母羊都在大公羊的率领下安全度过。

作为一个新任的领导者,公羊为了大家的健康着想,总是尽量找些美味的食物给大家吃,对于危险的事物也倍加注意。由于相对于母羊而言，公羊更熟悉食物的所在，所以它们的粮食来源非常丰盛。

公羊从来不把羊群带到风小的山谷，因为那种地方积雪太深，往往无法找到食物。它带头走的路，都是些风大的高原、山顶，也只有那些地方，强烈的冷风才会吹散积雪，露出去年长出的牧草。而且在那种地方，只要一有敌人靠近，它们就会立刻发现，并轻易地躲过危难。因此，它们的生活可说是既安全又快乐。

第二年的春天终于来临。像往年一样，它那轻盈的脚步声迅速响遍整个高原，刹那间，万物都荡漾在一片融融春意中。

遵循古老的传统，公羊与母羊在冬日的某个时间，就必须开始渐渐疏远。这时又到了即将离别的时候了。纵然离别的感伤存在于彼此的心底，但是母羊已经不再像以前那样与公羊寸步不离了，而公羊有时候也会独自徘徊好几个钟头才回到羊群里来。然后终于有一天，它再也没有回来。从此，母羊们又像往常一样，追随着羊妈妈觅食、生活。

六月初，羊妈妈又生了小羊。虽然大角羊中绝大多数母羊每次都会生两只小羊，可是羊妈妈却跟从前一样，只生下一只小羊。很自然的，这新生的小羊把克拉格从前的特权接受过去，开始独享羊妈妈所有的关注与宠爱。

可是不但如此，为了刚出生的小羊，羊妈妈似乎也忽视了当领导者应尽的职责。有一天，羊妈妈正在给小羊喂奶，它出神地满怀喜悦地看着小羊那可爱的小尾巴，丝毫没注意到其他。突然，别的母羊发出了警戒的声音。

所有的羊立刻像被施了定身术一样，一动不动地站在原地，只有一只没有经验的小羊慌慌张张地穿过羊妈妈的身旁。恰好这时候，从树林那边传来“咻——”的一声，那只慌慌张张的小羊应声中弹倒地，不再动弹了。此刻，羊妈妈也倒了下去，并且发出断气似的叫声。但它很快又跳了起来，用那锐利的眼光环视周围，一面找寻它心爱的孩子的踪影，一面很快地追随其他伙伴，往山脊上逃命。

“砰——”又是一声震动山谷的枪声。这时的羊妈妈才发现开枪的敌人，原来就是有一次险些抓走它孩子的那个人。虽然距离很远，飞来的子弹仍旧飞快地掠过了羊妈妈的鼻尖。

羊妈妈赶紧退后几步，转过身去离开了羊群，一面飞也似的越过山脊，一面发出信号，叫孩子们赶快跟上来。那是一只身负重伤的动物发出的悲痛焦急的呼唤声。

羊妈妈终于跑到满地岩石的山坡上了。它又越过山谷，沿

着对面的山脊隐身逃去。尽管猎人史谷堤老头神速地追到了山脊边缘，可是当他赶到时，已经看不见羊妈妈的影子了。

这时，史谷堤发现了地上的血迹，于是呵呵地笑了起来。可是没走几步，血迹却不见了。即使他想尽办法，也无法不依靠任何线索去捕捉那只中弹负伤的母羊。末了，他只好放弃了这个念头，低声嘀咕着，又折回到刚刚打死小羊的地方。

与此同时，羊妈妈跟着那刚出生的小羊继续逃亡。指点路途的虽然是羊妈妈，可是小羊反倒跑在前头。羊妈妈心里很清醒地意识到，只有逃到更高的地方才是安全的，所以现在它们的目标就是甘达峰，但一定要非常小心，不能再被敌人发现。

羊妈妈的伤口开始像火烧一般灼痛，但它极力忍着疼痛，继续快速前进。一路上，它既看不见同伴，也看不见敌人。羊妈妈深知已经受了重伤，如果再不尽快逃走，力气就要用光了。终于，这对母子来到了一个安全的森林。但是羊妈妈依然觉得必须爬到更高的地方才足够安全。这时，它的心中有一个声音在鼓舞着它："你一定要这么做，一定要！"

好不容易它才跑到一个很高的地方，看见前面有一道很白很长的东西。那是冬季降雪时，残留在山谷间的积雪。

羊妈妈一心一意地向那个地方跑去。腰部的伤痛快要使它发狂了，身体两侧的毛皮，看上去好像附着黑色的污点，而那正是子弹贯穿的伤痕，伤口疼得它禁不住全身发颤。为了去除这种难于忍受的痛苦，它加快了脚步奔跑，一到达那片雪堆，就马上横倒下来，将伤口压在雪地上。

可是，如果像这样在雪地躺两三个钟头，它就会没命。但疲倦不堪的羊妈妈，已经顾不得这么多了。

再看看那只生下来不久的小羊，此刻又在做些什么呢？它只是默默无言地站着，用充满惊诧的眼神望着妈妈。刚才所发生的诸多变化让它感到莫名其妙，对于年幼的它而言，它什么都不懂，只知道自己现在又冷又饿。

以往，它的生活起居都是妈妈无微不至地在照顾，给它食物，给它暖身，为它带路。遇到不开心的事情时，妈妈还会亲切慈祥地抚慰它。可是，妈妈怎么突然变得那么冷漠，好像很痛苦的样子，躺在地上一动也不动呢？

无数个问号盘踞在小羊心头，它更不知道从此以后自己该怎么生活下去。可是我们却已经猜到，小羊就要孤苦伶仃地四处流浪了，然后，活活地饿死。不管它的身体多么强健或是瘦弱，“死”对于一只形只影单的小羊而言，只是迟早的结果罢了。

这个必然的事实，连那只常年飘泊、此刻偶然停歇在岩石上的乌鸦，也比那只小羊更清楚。它冷酷无情地等待着，等待那只小羊自己倒下。如果真是这样的结局，这只可怜无助的小羊还不如像它妈妈一样，被猎人一枪打死。惟有如此，它才能免于日后不幸的磨难。

第7章

转眼间，克拉格已经成为一只年轻力壮的成年公羊了。在这群大角羊中，它比任何一个伙伴的身材都要高大，而且还长着一对像阿拉伯弯刀似的长角。粗角的发育也相当快，可虽然它的体重和克拉格一样，但身材并不如克拉格高大。而且，它好像害了什么病，头上的角长得又粗又短，还长了许多难看的瘤子。

秋天来临，落矶大角羊群又热闹地聚在了一起。以前那只突然加入又不辞而别的大公羊这时又回到了羊群中，接着又发生了一些令克拉格意想不到的事情。

从其他羊的眼神里，克拉格知道自己已经是一只仪表堂堂的成年公羊了，它在大角羊群里显得特别突出，吸引了每一只母羊的注意。而此时，那只角往上弯曲、脖子像公牛一般粗的大公羊想要做的第一件事，无庸质疑，就是要先把眼中钉克拉格赶出羊群。

这次被驱逐的对象除了克拉格之外，还有粗角和其他三四只年纪相仿的公羊。这也是落矶大角羊世代相承的传统：一只年轻的公羊在长大成熟后，就要离开朝夕相处的羊群，靠自己的力量独立生存，在这之间不断地充实自己、磨练自己，寻求生存之道。

这以后的四年时间，克拉格和几个同伴们四处流浪，过着独立的生活。由于克拉格继承了妈妈的智慧，理所当然地成为了伙伴们的领袖。它率领这群年轻的公羊，跑到很远的地方寻找新的牧草，过着新的生活。它们都在努力学习这种生活，希望将来自己能做一个好父亲，有能力照顾很大的家族。在大角羊的社会里，有一个根深蒂固的观念：正常的公羊最大的“人生目标”就是当一个好父亲。

很长一段时间，相对于其他成年公羊而言，克拉格都过着寂寞的独身生活。事实上他也不喜欢这样。它虽然有意找一个伴侣，但总是遇到一些阻碍，这使它焦急不安，到最后甚至无可奈何。所以，它只好跟着同伴，继续过着清苦的单身生活。

其实对克拉格来说，这样的生活也许更有好处。单身虽然有时候很痛苦，但另一方面，却使它发育得更健康、更优秀。

由于长时期的独立，克拉格浑身洋溢着一股充沛的活力。如果它成了家，或许会过得很快乐，但难免要负起养家的重担，从而无法尽情享受自由的生活，说不定那样的它，很快就会颓丧衰老下去。

独身的公羊们是一年比一年成熟，而经常愁眉苦脸的粗角，虽然谈不上是一个潇洒的“美公羊”，但它的身材相当高大，是一只非常结实强健的公羊。它还是跟以前一样对克拉格耿耿于怀，并曾经野蛮粗暴地与克拉格争斗，企图把它推下山崖。结果当然是没有得逞，它总是受到痛打和其他公羊的怒骂，几次挫败之后，它只好对这位同奶兄弟克拉格敬而远之起来。

现在的克拉格长得越发的英挺，异性一见到它就被迷得神魂颠倒。尤其当它往巨石状的山崖上飞跃时，只把蹄子向岩角轻轻一触，全身就像鸟一样轻快地飘上半空，那姿态真是美得无与伦比。因此，任凭怎样狡猾的敌人企图追捕它，它都能很轻松地化解危险。在奔跑的过程中，它那美丽健壮的身体表面也会随着肌肉的颤动而有变化，浑身散发出一种难以言表的魅力，甚至连从它背脊上射过来的阳光，也比普通的阳光更加闪亮。

这般完美的克拉格，与其说是只大角羊，还不如说是一只神羊更为贴切。它那矫捷的身姿，仿佛随时都可以跳越山崖。它此时的体重已高达一百三十公斤，而它的头上顶着的大角，也已经有五岁的年轮了。

说到它的角，真是一件完美无瑕的艺术品。跟克拉格在一起的其他公羊虽然也有一对代表它们各自种族的角，但不论是形态还是粗细，都没有克拉格的角长得匀称姣好。

克拉格的角在天空的背景下看去，就像是一个四分之三大的圆，尖端还灵巧地往上翘着。留在角上的五个年轮，好像一本无形的日记，只要仔细瞧一瞧，就可以了解克拉格这五年来的生活状况。

第一年的年轮从角的前端开始，那时的克拉格还是一只小羊，长着像羊妈妈一般长长的角，这时的角对它来说是跟同伴打架时的利器；到了第二年，角长得更粗更长了；接下去的两年间，虽然角在继续长粗，可是却长不太长了。

如果你再仔细瞧瞧最后一年的年轮，就可以知道，那年的牧草一定很丰盛，克拉格的身体很健康，发育得也非常好。因此，这一年间那角所长出的部分，比其他任何一年都要长和粗，而且异常光滑。

在那结实的角的根部，凹陷进去的地方，有一双漂亮迷人的眼睛，像是刻意被角保护着似的。那眼睛看上去是如此的高贵，深藏着动物的智慧。

说说它的眼睛吧。当克拉格还是一只小羊的时候，它的眼睛是略带黑的茶褐色；到了一岁时，就变为略带黄色的茶褐色了；正当年轻力壮的现在，又变成一对光辉夺目的金黄色大眼睛，而且很像漂亮高贵的琥珀，闪烁着晶莹的光芒，更像是漂浮在深不见底的清澈湖上的两颗夜明珠。透过它，克拉格可以更真切地看到这个多彩多姿的世界。

对一切具有生命的东西而言，最大的喜悦就是感受生命的

跃动。能够用一种朝气蓬勃、毫不懈怠的活力来创造生命、开拓生命，那该是多么令它兴奋的事情啊！年轻的克拉格在自己的独立生活中，充分体会到了这种无价的欢愉。此刻，它正在阳光底下，和它的同伴们半开玩笑地互相戏耍。它是那么恣意、那么自由地跳动着，浑身散发着无与伦比的活力。在这种无忧无虑的生活中，它得到了生命中最大的欢欣。

克拉格也喜欢跑到断崖边，从断崖的一边轻轻地弹起脚蹄，跃到另一端去。如此反复嬉戏着，一副永远都不知厌倦的样子。

当它遭到美洲狮的侵袭时，就也会像平常玩耍一样在岩石上跳来又跳去，轻松地跟美洲狮玩着捉迷藏，还不时用嘲笑的

眼光看着那愚蠢的敌人；有时候，它也会遇到一大群黑尾鹿，这时它会转动灵活的脑筋，巧妙地把它们赶到最适合鹿群生活的低洼地区。这是它最喜欢做的事情之一。

总之，克拉格对所有的事情都有浓厚的兴趣，而它们也都在克拉格充满活力的生命史中留下了一页页鲜明灿烂的记录。对克拉格来说，青春的活力就是美的表现。

不久,冬天来了,这只俊挺不凡的大角羊王内心也燃烧起爱的火焰,它像遏止不了的火苗,不断蔓延。而此时的克拉格更是显现出前所未有的高贵气质。

它有用不完的精力,有时它会像皮球一样蹦蹦跳跳,爬上绵延起伏的山坡,然后再跑下来。当它感到非常快乐时,就会平地跃到高达两米的空中,仿佛不这样做,就不足以表达它内心的感受。

克拉格每天都过着这样的生活，然而它的心里好像总在追寻着某种东西——是什么呢？恐怕连它自己也不能很肯定地描绘出来。不过它相信，只要真的让它遇上它想要的东西，所有的问题都会迎刃而解。

克拉格带领着年轻的公羊群，不断地奔跑在山川森林之间。有一天，它发现了另一群大角羊群的足迹，便悄悄跟踪在后。大约走了两三公里，终于看到那群留下足迹的羊群，它们是一群母羊。母羊们发现被跟踪了，就拼命地逃跑，一直逃到一个遍布岩石的台地的角落，发现再也无路可逃时只好停下来，向克拉格它们打招呼。克拉格等这才靠近过去。

在落矶大角羊的社会里，并没有规定一只公羊只能跟一只母羊交配。它们都希望由一只最好的公羊，把整群母羊纳为妻妾。假如其他的公羊觉得不服，就当场较量，胜利的那一方就有资格领导这一群母羊。

直到现在为止，克拉格它们一伙都相处得很融洽。可是眼下这种情势，破坏了它们昔日的友情。英俊挺拔的克拉格突然跳到前面，转身面向友伴不断发出鼻息，向它们挑战。那种神态仿佛是在说："你们谁要能打倒我，谁就可以领导这群母羊 。"

静默了好一阵，没有一只公羊敢上前与克拉格争斗。虽然它们之中不乏急着想要讨老婆的单身汉，可是奇怪的是，竟然没有发生任何纷争，其他的公羊只是静静地转身退走。站在克拉格身后的母羊们，被克拉格高贵优雅的风采吸引住了，不觉连声称赞，一拥而上，把它围在中央，向它表示无限的爱意。

一般说来，在动物世界里，只要外表长得漂亮、力气大，就可以无往不利。所以克拉格对这群母羊而言，就像神一般尊贵。何况不只是母羊，即使在公羊群里，克拉格也是特立独行的、从不言败的勇者，所以当它出现在母羊面前时，它所具有的所有优点，包括那对美丽的半月形长角，都让母羊们爱慕不已，简直像迷信一般遵从它的领导。

可惜好景不常，就在克拉格开始享受这种快乐美满生活的第二天，突然出现了两只公羊，它们在各处逡巡，然后挨近了克拉格所领导的羊群。这两个不速之客，其中一只也算是相貌堂堂，体格、身材跟克拉格不相上下，只是那对角跟克拉格的比起来就差太多了；至于另外一只呢——对了，一点也没错——那正是一直对克拉格心怀不满的粗角。

那只巨大的公羊一看到克拉格，立刻就跳上前发出挑战。它发出很大的鼻息声，用一只脚奋力踩踏地面，那凶神恶煞的样子仿佛在对克拉格示威："我才是世界上最伟大的公羊，你先别得意，我一定要打倒你，把你赶走！不信你就试试看吧！"

克拉格的眼睛也迸出了愤怒的火花。它把强壮的头缩回来，咬牙切齿，还不时轻轻挥动它那对尖锐巨大的角。突然，它把耳朵往后一摆，奋力扑上前去。敌人也不甘示弱地迎上来，"啪嗒"一声，两只公羊剧烈地撞在一起。因为敌人站在有利的平坦地带，第一回合他们打成了平手。

于是，两只公羊同时往后退了几步。它们彼此紧紧盯牢对方，不让对方有偷袭的机会，同时也仔细察看四周的地形，希望自己能抢先一步，占到有利的位置，以便再次进攻。

过了一会儿，两只公羊又发出很大的鼻息声，接着，两对角又撞在一起，杀得天翻地覆。这一回合克拉格很快就占了上风，它立刻趁胜追击，用左边的角狠狠勾住敌人右下方的角，然后猛力扭动着脖子。这时，冷不防的有什么东西往克拉格的肚子上猛刺了一下。

克拉格翻了一个筋斗，差一点就从山崖上滚下去。幸亏它的角紧紧勾在敌人的角上，才能有惊无险地幸免于难。

无论哪一种公羊，它们躯体后半部的重量都比前半部轻，因此如果它们的身体后部受到攻击，一定会吃亏。克拉格“啪嗒、啪嗒”奋力地挣扎着，使得偷袭它的新敌人无法止步，竟然从断崖上摔了下去。

瞬间，从深远的山崖下传来“咚——”的一声闷响，山崖上的每只羊都很明白这一声响意味着什么。原来，阴险狡诈的粗角想要偷袭克拉格，企图把它推下山崖，结果自己反倒摔死了。

在大角羊的社会里有一项不成文的传统——无论公羊们因为什么争斗打架，应该一对一地决斗，绝对不允许有不光明的举动。可是粗角看到在与对手一对一的争斗中，自己的同伴没有办法战胜克拉格，就心怀不轨，想利用这个难得的机会暗算克拉格。没想到，害人不成，反倒害了自己。

此刻，克拉格又转过身来，生气地向刚才的对手扑过去，于是两只公羊又扭在了一起，激烈地打斗起来。当然结果可想而知，不一会儿那只公羊就被克拉格打倒了，落荒而逃。

就这样，光荣获胜的克拉格又得意洋洋地回到了那群母羊们的身边。

第8章

那个前面出现过的打猎高手史谷堤老头，在一八八七年离开了库特尼地区。因为那里的猎物都快被猎人捕杀光了，连高原上的大角羊也越来越少。

除了这些理由之外，还有一个更重要的原因促使史谷堤离开，那就是传说在南方的哥罗拉特山区发现了新的金矿。这对史谷堤的诱惑可比猎物大多了，于是他二话没说也到南方去了，加入了淘金者的队伍。因此，他住过的小屋就再也无人居住。在这五年中，克拉格依旧担任羊群的领导者，过着逍遥快乐的生

活。因为有这么一位神勇的领导者，又少了像史谷堤那样可怕的敌人，这一时期大角羊群迅速地恢复了当年的盛况。

我们早已知道，克拉格的母亲具有各种非凡的才能。克拉格不但继承了母亲的高超本领，还将它们发扬光大。它频频教导它的子子孙孙，绝对不要靠近低洼的地方和森林的矮树丛，因为这些地方都是可以让敌人隐身伺机突袭的危险地带。只有在明朗开阔的高地，或是有强风的山峰上，才能真正保证自身的安全。因为在这两种地方不管有任何风吹草动，都能很快地辨认清楚，即使危险临头，也能轻易逃脱。

克拉格在高地上发现了很多有盐的地方，这样一来，羊群如果想要舔盐，就用不着像以前一样，冒着生命危险跑到山底。它还告诉其他羊，千万不要在山脊的顶上行走。为了既能俯瞰整个山区，又能逃避敌人的耳目，最好走在山脊的两侧 。

“躲避”，是克拉格自己总结出来的一套御敌方法。比如：猎人已经来到靠近羊群的地方时羊群才发觉，以前遇到这种情形时，落矶大角羊的本能是朝向自认为安全的地方跑去。这种方法如果是用在流行弓箭的时代，或者是单发猎枪的年代，大致上还行得通。可是现在猎人都用连发枪了，只要他们一开枪，子弹就会连续不断地射过来，因此这种老方法也就行不通了。

克拉格研究出来的这套御敌新法是这样的：如果受到猎人意外的攻去，就原地蹲下或伏倒，并且要安安静静的，千万不能动。这个办法十有八九能够欺瞒猎人的耳目，事实上，克拉格已经不只一次靠这方法脱离了险境！

不管是过去还是现在，在任何种族中如果出现一个伟大的角色，对该种族的生长繁衍都会有很大的帮助。由于克拉格领导有方，落矶大角羊在众多野生动物中的生存地位无形中提高了许多。在甘达峰的附近，大角羊的数目越来越多，势力也越来越大。最主要的区别在于它们比以前的大角羊更加强健，也更加聪明。

这五年之中，克拉格的外貌虽然有些改变，但它的身体还是和以前一样的健康硬朗；它的肌肉结实，腿力强健，不管是在体型还是力量，都不逊往日；它的头部大致保持着原来的面貌，鼻端有一块心形的白色斑纹，宝石般的眼睛仍然像以前一样晶莹清澈。

不过和那对角的改变相比而言就很大了。那对角以前已是那么的罕见，现在变得更加完美了，也更显珍贵。那双有力的大弯角，深深地刻画着一只大角公羊的生命痕迹——欢愉和

战斗的年轮。只要仔细看，就可以发现其中有一道年轮宽度较小，略带黑色，上面还有许多皱纹，那是它患上传染病的缘故。那一年，瘟疫爆发，死了好多小羊和母羊，连身体强壮的公羊也难以幸免。

克拉格也受到病魔的侵袭，不过由于它有强健的身体和充沛的活力，才能免于一死。病后的一段时间，它的身体非常衰弱，可是过了不久就完全康复了。它角上的年轮，很清楚地烙下这一段生活的印记。

那是一八八九年发生的事。那年的年轮宽度只有两厘米半。如果碰到一个能够解读公羊年轮的人，只要看一眼就会明白其中的真相。简单点说，那是一个灾难年代的记录。

史谷堤老头又回来了。跟所有的山地人一样，他也是一个地地道道的流浪汉，在外飘泊几年之后，又独自一人回到小屋来。小屋的屋顶因为缺乏照料，已经坍塌了，史谷堤并没有立刻动手修理，他回来的第一件事就是四处走动，察看这个阔别已久的高原，这几年间又多了些什么猎物。

他带着枪，到以前常常搜捕猎物的高地察看，竟然发现了两大群大角羊，这下他可打定了主意，要永远住在这个地方。接下来，他费了两天的工夫把破旧的小屋修整一番。眼看着，大角羊的灾难又要临头了。

史谷堤虽然是个上了年纪的老头，可精力还相当好，惟一遗憾的他那双眼睛已经老眼昏花，不太中用了。在他年轻的时候，对那些辅助眼力的东西是不屑一顾的，然而却必须依靠双筒望远镜来观察远处了。在回来后的这几个星期里，他透过望远镜看见过克拉格好几次，第一次发现它的时候，他不由得高声大叫："哇，好家伙，真是漂亮极了！尤其是那对羊角！"然后，他又像预言似的加上一句，"嘿嘿，那羊角肯定非我莫属，哈哈哈！"

现在的他一心一意想的就是捕捉克拉格，相比于其他的猎物而言，他更希望得到它那对完美的大角，于是，他决定这就动身出猎。

没过多久他就发现，现在的落矶大角羊真是聪明极了，跟以前的大角羊有天壤之别。对比而言，以前的大角羊真是笨得出奇。经过一两个月的逡巡之后，史谷堤一次也没有发现克拉格的踪影。而与此同时，克拉格却不只一次地在这附近看见史谷堤，只是史谷堤没有发觉罢了。

还有好几次，史谷堤用望远镜远远看到克拉格站在高地上，可当他费了好几个钟头赶到那里时，却已经找不到它的丝毫踪影。像这种情形，有时是克拉格真的逃离了那个地方，有

时却是躲藏在附近，暗中注视着史谷堤。

不多久，史谷堤的小屋来了一个客人。那是一位名叫“利”的牛仔。他生性好动，喜欢打猎，而且像所有的牛仔一样，很喜欢狗和马之类的动物。在山区跋涉打猎，马几乎没有用武之地，不过他那三只训练有素的俄国猎狗倒可以派上用场。于是，利向史谷堤提议道：“用我的猎狗追捕大角羊，你觉得怎么样？”

史谷堤不觉哈哈笑出声来，答道：“嘿！你是从平原来的，大概不懂得大角羊的习性，所以才会想用猎狗追捕它。也许你应该先去看看，那只克拉格老羊会在什么地方出现呢！”

卡克河发源于甘达峰南边的“史金克拉”峡谷，这个峡谷是由巨大的花岗石下陷形成的，深度至少在一百六十七十米左右 。

甘达峰背面往南的地方，是由一个起伏不平的高地形成的倾斜山峰，它跟峡谷的一小部分相连，它的尽头延伸出很长，像海角似的向外突出。峡谷的水流因为被矗立着的山崖夹挡，像怒涛般奔腾而去。

这座高原是落矶大角羊最好的住所。史谷堤和利带了三只猎狗，爬到高原上来，竟意外地发现了克拉格的踪影。两人偷偷地沿着低洼地跑过去，但结果还是跟从前一样，根本没办法捕捉到这只聪明无比的公羊。

如果不是地上留下一个好大的脚印，他们还以为是刚才是自己捕捉心切而产生了幻觉呢！不过，也仅仅有这么一个脚印而已，除此之外，附近遍地都是硬邦邦的岩石，什么足迹也没有。

史谷堤经常遇到这样的情形，每次都能被克拉格很巧妙地欺瞒过去。但是这次情况不一样，因为他带了三只训练有素的猎狗。这些猎狗跑到附近的低洼地带和比较低的白桦树丛里，闻了又闻，突然发出尖锐的吠叫声。就在这时，一只身形巨大的灰色动物跳了出来。哇！那正是一只大角公羊，漂亮无比的甘达峰大角羊王克拉格！

克拉格跃过低矮的树丛，又越过起伏不平的岩地，一会儿像在飞舞，一会儿又轻盈得像浮在空中似的云朵飘荡而去。它的神态是那么自如，一点儿也没有恐慌不安的样子。那头上顶着的大而弯曲的角，就好像贵夫人戴着的耳环一样，更显得高贵不凡。总之，此刻的克拉格美得无懈可击。而那些跟着克拉格的羊群，也从各处的草丛、树丛里跳了出来，纷纷跟在它的后头逃逸而去。

利和史谷堤马上端起枪，正要瞄准时，那三只大猎狗已经飞也似的追在了羊群后面。没想到这三只猎狗竟阻挡了他们的射程，他们连发射一颗子弹的机会都没有。

羊群就这么很快逃离，领头的克拉格拼命地跑，其他的羊就像一条长龙，跟在它的身后。它们轻快地跳跃奔跑，刚越过高地，突然一转弯，就往别的方向溜走了。

如果是在平坦的草原，猎狗们说不定可以追到落在最后面的羊，不，也许连那只跑得最快、最好的猎物都可以轻易地追上。可是在这起伏不平的岩地上，它们还是斗不过土生土长的大角羊。

史谷堤和利因为无法开枪射击，只得分头追赶羊群，这样至少比较容易追寻猎物的踪迹。克拉格从山峰中拐出来之后，便往高地的南方直奔而去。

这时猎狗和羊群正在玩着追逐游戏，几乎是排成一条直线往南方快速前进。猎狗们逐渐逼近，眼看就要抓到那只殿后的羊了。可这个时候，本来跑在最前面的克拉格却忽然放慢了脚步，落到最后来保护羊群。幸好，每到一处起伏不平的地方，羊群总比猎狗跑得快，于是，它们之间的距离很快又被拉开了 。

两公里、三公里、五公里……它们的追逐游戏沿着布满岩石的山脊继续进行。而那个山脊的尽头，就是史金克拉峡谷，它正张着可怕的大嘴，静静地等待这些动物的到来。一分钟之后，羊群终于被赶到了山崖的尽头。

此刻它们已经无路可逃，害怕地缩成一团，因为无论它们往哪个方向望去，都是令人头晕目眩的悬崖绝壁。两三秒钟之后，克拉格也赶上来了，它知道自己已被猎狗追到山穷水尽的地步。突然间，它转身摆出一个架势，准备向猎狗挑战。这群勇敢的野生的动物哪怕被逼上绝路，也绝不会乖乖地向敌人低头屈服。

很快，因为克拉格与猎狗的距离拉远了，两个猎人开始向它射击。“咻——”的一声，两颗子弹同时掠过克拉格的身旁。克拉格一点也不害怕跟狗争斗，它自信一定可以把它们一一击退，可是面对着那两支猎枪，它也无计可施了。

现在只剩下一条生路，那就是沿着卡克河的花岗山崖逃走。这么做虽然危险，但至少比应付那些凶恶的敌人要容易些。

猎狗已经追到距离羊群不到两百米的地方。它们是一群勇猛的动物，此时为了向主人示好尽忠，更是不顾危险，使劲向前冲。跟在它们后头的是两个无情的猎人，他们微笑着，带着一脸必胜无疑的表情，等待着丰盛的收获。而克拉格，这只羊群的领导者却冷静地琢磨着：如果再在这里停留下去，肯

定会被猎枪打死，但是如果逃到峡谷去，或许还有生还的希望……到了这个地步，已经没有考虑的余地了。做出决定后，克拉格打算做个榜样给伙伴们看。它转身走向山崖的边缘，纵身一跳。当然，这一跳并非胡乱而为，因为下面十米处，从绝壁上突出了一块比克拉格的鼻子大一点的小岩石。这是它能看到的峭壁上惟一突起的地方，其他都是光滑矗立的壁面，甚至有些还凹陷进去。

克拉格很轻快地跳到那惟一突出的部分，稍微歇了一口气，立即警觉地扫视四周。它发现对面的山崖上，也有一块突出的岩石。它的动作实在太快了，尽管它紧张得脉搏猛跳，身体仍然像飞絮一样飘越而过，跳到了第二个岩块上。就像这样，它陆续又发现了第三、第四……块岩石，于是克拉格毫不停歇地一路跳了下去。那双橡皮似的脚蹄，像人手攀抓一样地跳落在高低起伏的岩石上，等立稳脚步，然后又跳到下一个岩角上。

就这样，它沿着岩角一直跳下去，终于跳过最后七米的深沟，到达安全的谷底。

其他的羊都被克拉格的示范所鼓舞，敏捷地跟在它的后头一一跳下去。那场景如山崩一般，乍看之下，活像绵延飞溅的瀑布。在这个危急的时刻，假如克拉格一不小心踩错一步，也许大家都要掉落深谷而亡，可是羊群一点也没有出差错，它们很有秩序地，接二连三地跳了下去。那场面实在是太壮观了——

它们有时跳跃，有时飞腾；有时候三米，有时候七米，接连不断地快速下降。从最初的一跳到最后的一跳，从岩角跳到岩块，再从岩块跳到岩角，它们极其巧妙地操纵着自己的肌肉和蹄子，稳稳地保持着身体的平衡，一个个掠空而下，丝毫没有损伤。

当最后一只羊跳到第二个岩角上时，追在后面的三只猎狗也喘着粗气拼命跳到了空中，想夺回最后一只猎物，不料却就此掉落山崖，一命呜呼。

猎狗们实在是太急躁的动物，一旦追赶猎物，更是奋勇到忘我的地步。可是它们忽略了在这绵延的山峦间，落矶大角羊比它们更机敏、更优秀，它们才是这里真正的主人。如今虽然它们明白了这个道理，却已经太迟了。

在深深的山崖下面，克拉格在靠近水流的地方停住了急促的脚步。它听见遥远的山崖上，回荡着猎人们大叫的声音，还有间断的口哨声。而眼前的卡克河，正像喷泉似的翻滚涌流着，那三只摔得扁扁的白黄斑纹的猎狗，正被湍急的水流冲往遥远的海洋。

当利和史谷堤两人赶到山崖边时，羊和猎狗都早已消逝无踪。史谷堤暴跳如雷，开口大骂；而利却心痛那几只丧生的爱犬，焦急得快要哭出声来，忍不住大声喊道："布兰，罗罗，爱达——你们在哪里啊？"

可是回答他的，却只有掠过史金克拉峡谷咻咻不绝的风声。

利是一个年轻善良的牛仔。这件事之后，他在史谷堤的小屋旁心情沉重地徘徊了一两天。那三只猎狗原是他朝夕相处的密友，现在突然丧生，也难怪他非常伤心，再也不愿上山。直到两三天之后，呼吸到严冬寒冷的空气，他的精神才稍微振作一点。

史谷堤再度约他一起打猎，他答应了，于是两人又来到高原上。史谷堤时刻不忘用双筒望远镜探视远处山丘上的情形，忽然间，他发出了尖锐的叫声：

“嘿，你看！那不是克拉格老羊吗？我还以为它掉到史金克拉峡谷里摔死了呢！”

利也用望远镜眺望了一番。那对漂亮的羊角无疑是克拉格最好的标记。利苍白的面孔突然间泛起血色，他觉得现在正是为爱犬们复仇的好机会。

自然界的法则告诉我们，不论以哪一种动物的聪明才智，都很难摆脱应付和抵抗人类的追逐与埋伏。更何况史谷堤不但非常熟悉这一带的地形，也很了解克拉格的生活习性。

比如说：大角羊群绝不会往下风的方向跑，也不会贸然离开有岩石的地带，所以当它们一发现有敌人追踪的时候，通常都会从甘达峰旁边逃跑，而且必定是往东或者往西前进。

于是，史谷堤对利说："这样，当我到追到西边的时候，你就在东边等着。我给你两个钟头的时间。两个钟头之后，你一定要赶到那儿埋伏好。我相信那家伙在越过山脊的时候，一定会路经那个地方。"

利马上动身，往预定埋伏的地方走去。

史谷堤耐心地在原地等了两个小时之后，也开始攀登上高耸的山脊。他背向着天空，故意暴露出自已的行踪，而且还三番两次上下挥动双手。克拉格并没有出现，然而，这时的它当然是躲在某个地方，静静地窥伺着史谷堤。

史谷堤走着走着，便抄近路绕到南边去，然后又越过山脊，往刚才克拉格所在的地方走去。

利在他的埋伏位置上一直等待着。不多久，巨大的克拉格终于露出了行踪。它从两公里远的山脊上，轻快地跳跃而下，后面还跟随着三只母羊，很快就消失在被松林遮掩的低洼地带。等到再次出现在下面的山脊上时，它们突然显得非常畏惧，贴着耳朵匆忙逃窜。

原来，它们听见从低洼地带里传来的声音，那并不是利所以为的史谷堤的枪声或叫声，而是许多狼发出的猎捕的嗥叫声。

如果是在岩石地带，大角羊一定可以很轻松地逃走，但若是在森林里，或像现在眼前的平地上，就不太容易逃生了。因为这些地方更有利于狼的奔跑和追逐。

果然，大概一分钟之后，一群狼蜂拥而上。那是五只全身毛茸茸的野兽，它们在平坦的地面上旋风似的奔驰。羊群在前面拼命地逃跑，不久，两群不同的动物便因速度的不同而形成了一行直线。

跑在最前面的是巨大的克拉格，距离它十米的后方有三只母羊。距离最后面的母羊四十米远，便是那五只可怕的狼。它们以各自相差一步的距离排成一列，快速地向前追赶着。

高地越是往东，就越是显得狭小，不过只要越过它的尽头，就会柳暗花明地出现一片岩石地带。这一群大角羊因为常

常遭遇危险，已经知道了岩石地区最安全。于是克拉格就带领着羊群往那里跑去。

可是到达桦树林时，跑在最后的那只母羊开始跟不上了。更不幸的是，它又被歪歪扭扭的树根绊倒。眼看与狼的距离只剩下两三米了，它一时心急，不觉发出尖锐的求救声。

这时的克拉格已经来到狭小的岩块上，当它听到母羊痛苦的呼唤声时，立刻退到岩块的一边，让三只母羊躲到它身后的安全地带，准备迎接狼群的攻击。

狼群发出胜利的嗥声，一路扑了过来。从前，它们曾经咬死过好多大角羊，因此现在它们个个都以为立刻就可以尝到美味的羊肉了。于是它们不稍喘息就向克拉格冲了过来。但由于这里的地势过于狭小，它们一次只能冲过一只进攻。

第一只狼向克拉格猛扑过去。但是，狼的利牙只咬到坚硬的羊角，接着便从羊角后面传来一股勇猛无比的力量，把这只打前锋的狼撞得四脚朝天，身体出其不意地撞到后面的伙伴，结果两只狼同时滚落山崖，摔死在谷底的岩石上。

剩下的狼丝毫没有放弃的意思，又开始进攻了。这一次克拉格没有用角阻挡，它只把巨大的头猛地一摇，就足以应付那只狼。它的角尖跟小时候一样往前突出，也一样锐利，它毫不含糊地插进了那只猛扑过来的野狼身体；下一只攻击的野狼

也遭到了同样的命运。这时，初战告捷的克拉格往后退了几步，稍微缓和了一下紧张的情绪。

除非是这群野狼饿疯了，不然的话，换作平时目睹了这种情形，它们是不敢再继续挑衅的。可是很不幸，最后那只野狼仍然奋不顾身地猛扑过来。克拉格突然兴起一股搏斗的欲望，竟也使出浑身的力气，向那头杀气腾腾的野兽撞了过去。这一击非同小可，狼王也被撞死在岩石上。

克拉格把狼王的尸体像处理破布似的，用坚硬的羊角挑起，丢到很远很远的地方。它站在高高的山崖边，目送那具尸体翻了一个大筋斗，再滚落到深深的地面。

克拉格摇摇它那巍峨的头，像得胜将军一般，喷出长长的鼻息。它回头看了看还有没有敌人，然后转过身，跟随在那些刚刚脱离危险的母羊后面，很轻快地跑开了。

年轻的利躲在隐秘的地方，目不转睛地欣赏完这场激烈残酷的战斗。克拉格跑过距离他五十米的地方时，正是他最佳的射击时机。可是，刚刚目睹完那场令人心惊肉跳的搏斗，他狠不下心来夺取这只动物的生命，只是以异样的眼光注视着它，喃喃自语道：

“真是一只伟大的公羊啊！你虽然害死了我心爱的狗，但我已经不在意了。你创造了一个多么伟大的奇迹呀！我发誓以后决不再伤害你，对我你也可以放心了！”

当然，克拉格做梦也想不到，在它的生命里曾经发生过这样的事情。同时，安排利在这里设下埋伏的史谷堤老头也不知道，此刻利的心理已经发生了这种微妙的变化。

传说中在古时候的希腊有一个非常愚笨的人，成天幻想着成名，让世人对他刮目相看。于是有一天，他竟然毁坏了世界上最美丽、最壮观的建筑物之一——“巴特农神殿”，从此，他果真实现了梦想，扬名世界。相比之下，那些将猎物的头做成装饰品，来夸耀自己的伟大和本领的猎人，他们的想法也跟那个希腊的呆子差不多吧！唉，猎人们总以为他们所捕获的猎物越大越越珍贵越好，这样才能显出他们的本领和功绩，殊不知，这种无知的行为给世间造成了多大的损失，无数珍宝就这样被毁于一旦。

时光飞逝，不知又过了几年，越来越多的猎人都目睹过克拉格的风采，他们尤其歆羡它头上那对美丽的大角。于是，克拉格的名气竟然渐渐传到大都市里去了。那些专门做珍贵物品买卖的商人，为了要得到克拉格的脑袋，竟不惜出斥巨额的奖金，刺激猎人们去捕捉这只大角羊之王。

于是，众多各地前来的猎人纷纷上山，都想碰碰运气，期望自己能够顺利地猎捕到克拉格，但结果总是落得两手空空，失望而归。

这时的史谷堤老头，依旧过着穷困潦倒的日子，当他听说克拉格的头现在值一笔巨额奖金时，立刻有了精神，兴冲冲地约了几个伙伴，准备加入这项竞争活动。

终于有一次，他们发现克拉格跟一群母羊在一起，于是一连三天紧紧追踪着，最后仍然追丢了猎物。同伴们向老头抱怨道："这算什么鬼差事嘛！想赚大钱多的是办法，什么都比猎羊更简单，我们不干了！"他们拂袖而去，史谷堤落了单，一个人继续着他的追捕计划。

老头虽然年纪大了，却有一股顽强的耐力，虽然他也跟着同伴们回到了小屋，但却是为长期打猎的工作做准备。枪、毛毡、烟斗、火柴、烟丝、锅、一包包的肉干，以及一两公斤的巧克力，这些就是他的全部财产，也是他出行的全部行装 。

第二天一早，史谷堤就背着行囊只身返回高原。等他到达原先发现克拉格脚印的地方，便加紧了脚步向前追踪着。克拉格的脚印零零星星地留在各处，虽然掺杂着许多其他羊的脚印，有些模糊不清，但它的脚印跟它的身份一样，总是显得特别许多，所以很容易辨认。

追踪的路程中，史谷堤不时用双筒望远镜眺望远方，却一直没有发现大角羊群的行踪。到了夜晚，他就在羊群的脚印附近露营过夜。第二天清晨又继续跟踪脚印。这天，追了好几个钟头之后，脚印突然发生了变化。看上去克拉格似乎曾经停下脚步，好像发觉了羊群正受到敌人的追踪。从这里开始，羊群的脚印变成一道直行，朝向遥远的牧草地而去。

史谷堤依然从早到晚，执著不休地跟随着克拉格的脚印。当夜晚来临时，他就在低洼地上蜷缩着身子勉强入睡。早上接着跟踪羊群，只有一两次，他远远看到羊群的行踪，正排成一行，继续向南而去。等到夜幕降临时，它们已经到了卡克河南边的尽头。

来到这里的羊群，不知道接下来该往何处去。最后，克拉格决定带领它们沿着东边坡度缓和的高地悄悄往后退。正在这时，“哒——”的一声，好像有什么东西碰到克拉格的角，它肩膀上的毛似乎也被什么东西一下子扯掉了一块。

对于大角羊而言，它们的角一旦被子弹打到，足以使它们头晕眼花，失去抵抗力。克拉格现在也被子弹打中了，像普通的大角羊一样，顿时眼花缭乱，晕眩不已，不过它还是极

力忍住了，同时向羊群发出一个信号，那意思大致是说："大家赶快各自逃命吧！"于是呼啦一下，羊群四散开去，开始东奔西跑地逃窜起来，形迹几乎完全暴露在猎人的视线之下。

可是史谷堤老头的目标只有一个，那就是克拉格。对于其他的羊，他一点兴趣也没有，甚至连看一眼都不愿意。刹那间，克拉格跑下山冈，朝东跑去。史谷堤便一边大骂，一边气喘吁吁地追了上去。

一连几天，它都朝东北方向奔逃，史谷堤追不上它，只得紧跟在它后面。到了第五天，他们已经越过泰利湖畔。史谷堤对这一带的地形了如指掌，克拉格虽然快速地向东前进，可是不久之后，恐怕也得无路可走，因为那地方的山谷像一个口袋，只有一个出口。

史谷堤暂时停止了追踪，朝着北边换了一条路线，向那个惟一而且狭小的出口行进。照他的预料，克拉格一定会从那个地方

出来，所以他就在那儿埋伏着，静静地等候猎物的出现。

时不凑巧，偏偏这个时候刮起了西风，那是从落矶山脉吹下来的湿润的风。每当西风刮起，飘荡飞舞的雪花就会很快撒满山地。

果然，不到三十分钟，雪开始下得很大，大得史谷堤连眼皮都张不开来。即使他勉强睁开眼，也无法看清二十米外的景物。

这样的大风雪持续了二三十分钟后逐渐减弱，两个小时后，天又完全放晴了。

史谷堤已经一动不动地整整等了一个钟头，仍然没有发现任何动静。他只好走出藏身的地方，到处寻查可疑的痕迹，渐渐发现那道成一直线的酒窝形脚印，大都被刚刚下过的雪遮盖了，只有在岩棚下，留下一道很清楚的脚印。看来，克拉格之所以能将计就计，很巧妙地瞒过史谷堤的眼睛，平安无事地穿过山谷的出口，完全得助于这场突如其来的大风雪。

西风啊，像妈妈一般慈祥的西风啊！你总是那么仁慈地召来春天的骤雨和冬天的雪花，给这片广阔绵延的高原带来肥沃的牧草，培育那些吃牧草长大的动物。

你不只是空气的流动，就如同古希腊人和印度人所说的，你是更优秀、更伟大的，有思想、有生命的东西！或者，你根本

就是那个创造万物并且保护万物的主宰者的化身！

为什么今天你又突然吹起来呢？为什么你能够用大片的雪花把像饿狼似的猎人的眼睛蒙住？难道你真的是那个创造神奇的伟大主宰者，万物都在你的掌握之下，可以死，也可以生吗？

很多年以前，在克拉格刚出生那一天，你安排了它和史谷堤的见面，此刻，你又让他们再度重逢，难道是你另有什么目吗？

史谷堤根据自己的经验判断，克拉格一定是往金特拉湖周围的山地逃走了，因此就不再追踪它的脚印，径自朝着北边的湖区走去。

第二天，史谷堤来到湖畔一片宽广的草原上，无意间发现离他不远的岩石下，好像有什么东西在动，定神一看，那不正是克拉格吗？他很快地躲起来，并偷偷地接近，打算挡住克拉格的去路。可是，当他再向目标眺望的时候，克拉格已经站在离他五百米的山脊上。现在，他们彼此都发现了对方的行踪。

大约有一分钟的时间，史谷堤默默无言地注视着克拉格，一会儿，他低声自语道："喂，克拉格，你是否已经看到我手上的枪上标有死神的记号？哼，我就是在你后面紧追不舍的死神呀！你想把我甩掉吗？别做梦了！无论如何我是要定你的角了。喂！就让我们来赌赌谁的运气好吧！"

于是，他沉着地举枪瞄准、射击。可是距离实在太远了，克拉格一看枪口冒烟，立即往旁边躲闪。子弹打在了它刚刚站立的地方，附近的雪花应声四处飞溅。

克拉格一转身，向东边跑去。史谷堤转眼间就被它甩得远远的，但他毫不气馁，紧追上去。这不只是因为他有好的体力，更因为他具有锲而不舍的精神。

双方的追逐持续了一整天。夜晚时分，他们都睡觉休息，到了白天，又开始另一次追逐。有时，史谷堤也会发现猎物的身影，可是距离实在太远了，超出了枪的射击范围。克拉格大概知道这个道理，因此，只要在射程之外，它是不怕史谷堤靠近的。

这是后来大家才明白的事情。克拉格似乎有意让史谷堤老头在一定的距离内跟踪它，因为这么做，它就能把史谷堤的动向看得一清二楚。

那么，克拉格为什么不干脆跑到更远的地方去呢？凭它那么快的脚力以及强健的体能，想要摆脱史谷堤的追踪，真是易如反掌。话虽如此，可是作为一只野生动物，它总不能不找寻牧草充饥啊！

史谷堤身上还带有可吃几天的肉干和巧克力，即使全部吃光了，他也可以靠打野兔、雷鸟来充饥。而克拉格却要花费好几个钟头，从雪地下找出一点点牧草来填肚子。由于长时期被人追逐，它已经消耗掉过多的体力，身体也逐渐衰弱下来，可是它的眼睛依然炯炯有神，四只纤细的脚更是强健有力，只有它的肚子由于饥饿而凹了进去。此刻的它更因为饥饿难忍，而显得痛苦万分。

史谷堤的追踪已经进入第六个星期了，克拉格只有当西风吹来一阵阵暴风雪，把整个大地罩上一层白幕的时候，才能稍微有些休息的机会。

接下来的两个星期，史谷堤和克拉格每天都有见面的机会。到了清晨，每当史谷堤从寒冷的洞穴里像狼一样爬出来时，就会向克拉格所在的方向嚷道：

“喂，克拉格，我们该动身了！”

只见克拉格站在远远的山脊上，向他挑战似地跺跺脚，然后鼻子朝向迎风面出发了。有时它跑得很快，有时也走得很慢，但一定跟史谷堤保持五百米左右的固定距离。

当史谷堤坐下来休息，克拉格就趁机找牧草来充饥。如果史谷堤躲藏起来，克拉格也一定慌慌张张地逃开，跑到能够看见他的地方去。如果看到史谷堤一动不动，克拉格也会学着他的样子，静默地注视着他。

像这样，他们一天又一天地反反复复过着同样的生活，终于度过了漫长的十个星期。这段时间里，没有发生任何意外事故，奇妙的是，他们之间竟然由此产生了一种不可思议的感情。克拉格虽然受到史谷堤穷追不舍的追踪，可是它似乎已经完全习惯了这种生活，只把它当作危险却无法避免的事情看待 。

有一天，当史谷堤睡醒，正朝着北方察看克拉格的行踪时，突然听到从遥远的后方传来一声很长的鼻息，转头一看，发现克拉格已经在那里焦急地等候着他。原来，由于风向变了，克拉格也跟着改变了奔逃的路线。

还有一天早上，他们虽然是同时出发的，可史谷堤却辛辛苦苦地花了两个钟头才渡过克拉格一跃而过的水流。等他好不

容易上到了对岸，又听见鼻息声，回头一看，又是克拉格。原来克拉格不明白史谷堤为什么走得那么慢，特地又折回来看他 。

哦，克拉格，甘达峰的大角公羊啊！你为什么要跟这无情的敌人发生感情呢？你为什么要跟死神开玩笑？西风妈妈已经传送给你那么多告诫的话，难道你一点都听不进去吗？前进！你要前进，你要赶快用力奔跑！这样一来，西风妈妈又会向你伸出援救之手的。可是无论如何绝不能跟敌人产生感情呀！还有一点一定要切记在心头：雪，可以帮助你，但也能够伤害你。

整个冬季，克拉格和史谷堤走遍了这附近大大小小的山脉河流，无休止地做着你我间的追逐。他们之间的距离，时常保持在七八百米左右，双方看上去仿佛都已经接近死亡边缘。他们的眼睛一天天地凹陷进去，身体也越来越瘦弱。

史谷堤自从开始疯狂追逐以来，头发变得更加花白。‘克拉格也差不多，头和肩部的毛也逐渐变成了灰色，但是它那双宝石般的眼睛和弯弯的雄伟双角，还是跟往常一样，漂亮无比！

终于，在三个月之后，他们回到了甘达峰——克拉格出生的地方。一天早晨，他们都坐下来休息，克拉格停在一座山脊上，史谷堤则在离它六百米的地方坐下。在这漫长的十二个星期里，可以说是克拉格带领着史谷堤踏遍了雪地，越过了十个连绵不断的山脉，做了一段长达八百多公里的艰险旅行。

史谷堤坐在地上，点燃烟斗里的烟丝，开始抽起烟来；与此同时，克拉格也赶紧找牧草吃。只要史谷堤坐在这里守着它，克拉格是绝不会离开那个山脊的。史谷堤非常了解这件事，因为像这种情形他已经有一百次以上的经验了。

史谷堤很悠闲地抽着烟，突然想到一个狡猾的计谋。抽完烟，把烟斗收好以后，他就从后面的一棵桦树上砍下几根树枝，又捡了好几块石头。他做这些的时候，克拉格从很远的地方注视着他。

史谷堤走到山脊的边缘，利用树枝、小石头以及自己身上能够脱下的衣服，做了一个稻草人。然后他躲到稻草人的背后，悄悄的往后退走，越过山脊而去。他不断以匍匐、蹲伏的姿势交替前进，大约经过一个钟头，终于攀登到克拉格背后的山脊上。

克拉格站在山脊上，像公牛那样威严，又像鹿般的潇洒，那对弯曲的双角很像靠近山峰的雷云。克拉格一直注视着那只稻草人，心想：为什么史谷堤到现在还不动身呢？他老是站在那儿做什么呢?

这时的史谷堤已经来到离克拉格三百米远的地方。克拉格的后面有几块比较低矮的岩石，但它跟史谷堤之间，却隔着一片辽阔的雪原。史谷堤依旧在地面上爬着，他抓了一把雪撒在背上，以掩盖自己的身体，然后继续向克拉格站的地方爬去。

克拉格还是在原地注视着稻草人，时不时焦急不安地跺跺脚。有一次，它用锐利的眼睛环顾四周。又有一次，它差点就要看到史谷堤在雪地上慢慢爬过来，可是竟被那巨大的岩角遮住了视线。所以，它虽然有逃生的机会，却因此丧失了。史谷堤一刻不停地往能够藏身的岩石边慢慢爬行，终于到达与克拉格相距仅有五十米的地方。这么久以来，史谷堤第一次靠得那么近，能有机会端详那对远近闻名的巨角和那宽厚的肩膀、挺立的脖子。他觉得克拉格所有这些外表都与往常一样，只是它此时正流露着一种因为饥饿而造成的衰老迹象。

这只伟大的生物，正抽动着被阳光照射的鼻子，喷出一团热腾腾的雾气，那对火焰一般明亮的琥珀色眼睛，也闪耀出威严的光芒。这时，史谷堤慢慢地举起枪来向它瞄准。

哦，西风妈妈，求求你赶快来！绝不要让史谷堤做出这种残酷的事情呀！难道你已经完全失去力量了吗？每一个山峰，都积下了百万吨雪，正等待着你来吹散，只要你吹一下，轻轻地吹一下，就足以使它们纷纷落下，而克拉格也一定可以顺利获救。

而那生长在高原上的高贵生物呵！难道为了满足人类贪婪的欲望，你就要白白地丧生吗？难道只有这么一次为稻草人所瞒骗，就要落得这种无可挽回的下场吗？

以前，当落矶大角羊一有了危险，附近的山鹊总会事先给它们报一个信儿。可是这时候，连一只飞鸟的影子都没有，而克拉格仍像中了邪一般，动也不动地注视着山谷对面那个没有生命的假敌人。

史谷堤举起百发百中的枪，用那双从来没有看走眼的眼睛瞄准。那双手曾经连杀二十条人命也未发抖过一下，此刻竟然畏惧似的微微发起抖来。

过了一会儿，史谷堤的手终于恢复了正常。他的神色逐渐因为镇静而显得严肃起来。枪声响了，“砰——”的一声，比从前更响亮，也比从前更沉重。史谷堤把头缩回来，听见远处的小石头也开始“哗啦啦”地滚动着。

随后，又是很长的“呼——”一声，史谷堤依旧没有伸头探望，身体也不动一下。差不多过了两分钟，等一切都安静下来时，他才慢慢抬起头来……

前面山脊的雪地上，躺着一个巨大的、灰褐色的“东西”，那东西头上的角像蛇似的盘成一圈，一动也不动。

那真是一对无与伦比的角！它刻画出克拉格光辉灿烂的生命历程，只要细细地研究，你就会从中看到克拉格十五年来的生命轨迹。角的前端已经因为摩擦而耗损了许多。是啊，当它还是一只小羊的时候，就因为有这个角尖，才得以数战告捷。

当羊角迅速发育的时候，每一个年轮的宽度都变得很长很长，只有它生病那年——第五年的年轮上有一道裂痕，那道裂痕是克拉格第一次为了恋爱，跟别的公羊发生争斗而留下来的。

羊角的尖端已经变得圆圆钝钝的，虽然看不见痕迹，却想像得出，那上面曾经染上过多少只想夺取克拉格性命的野狼的血迹。再仔细看看那些年轮，就可看出那是一个多么完整和辉煌的生命历程，也正因为它太辉煌、太有价值，才成为众人瞩目的目标，才那么快就被夺去了生命。

史谷堤慢慢走过去，一言不发地注视着克拉格的尸体。此刻他所看的却不是那对羊角，而是那双静静睁开着的黄色眼睛；那双眼睛在它的主人死去之后，并没有变得混浊，依然清澈明亮。像石头人一样站着的史谷堤，陷入到忘我失神的状态中。

在过去几个月里，他跋山涉水，不辞艰辛地追逐克拉格。现在，他真的打死克拉格了，却好像从高高的山坡上不慎滚到悬崖底下一般失落。

史谷堤背朝着羊角，在距离差不多两米的地方坐下，把烟斗衔在嘴里。但因为嘴里实在干得厉害，只得又把烟斗吐了出来。他一言不发地坐了半天，才喃喃自语道："如果可能的话，我真希望它能活过来。"

于是，他再度走过去端详那对羊角。突然间，他的脑海里冒出一个残酷的念头：要将这个美丽的头保留下来。

听说豹在咬死鹿以后，一定要把鹿的尸体玩弄一番才肯罢休。史谷堤刚刚兴起的念头，恐怕比豹子的行径也好不到哪儿去。他剥下克拉格的皮，又砍断它的头。这类工作对他而言可谓驾轻就熟，很快就麻利地做完了，顺便他还切下了好多羊肉，以供充饥之用。

然后，他把克拉格的头扛在肩膀上准备回家。可是它实在太重了，压得史谷堤的背脊像弓一样的弯曲。如果是三个月以前，像这样重的东西史谷堤是毫不在意的。可是现在，他已经苍老而又疲惫不堪，头发也白了很多，身体更是瘦弱得举步维艰。他缓慢地走下高原，回到阔别十二个星期之久的小屋里 。

听说了克拉格被捕杀的消息后，很多人想要买克拉格的头，但史谷堤却始终不肯卖。

“想用钱来买这东西，别做梦了你们！”

每当有人向他出价购买克拉格的头时，他总是这样一口回绝 。

他来到镇上的一家标本行，委托老板将克拉格的头做成标本。那老板比平常更加卖力地完成了这项工作。标本完成以后，史谷堤拿着它，走了一百多公里的山路，回到了孤寂的小屋中。他小心翼翼地把克拉格的头从包裹中取出，挂在墙上光线最好的地方。这个标本实在做得太成功了！那弯弓形的角跟生前一模一样，一点也没有改变；漂亮的金色双眼也跟从前一样，像它活着的时候闪着亮光。史谷堤看着那双眼睛，眼前又浮现出那天在山脊上，准备开枪射杀克拉格的情形。不知道为什么，他一想到这些，就赶紧拿起一块布，罩在了克拉格的头上。

这之后，从史谷堤的熟人口中得知：史谷堤用一块布把克拉格的头罩住，很少主动去揭开它；关于克拉格的一切，他更是只字不提。有一次，有个人曾经说过这样的话：

“是啊，我只有一次看过他揭开那块布，当时他的脸上还流露出一副怪异的神情！”

关于克拉格的头，史谷堤也说过这样的话：“那是我的羊角，可是它还打算向我报复呢！”

过了四年后，他被尊称为“史佬”。从射杀克拉格到如今，他只外出打猎两次，因为自从那次疯狂的猎捕行动之后，他的健康已经大不如以前了。

每天他都靠淘沙金赚钱维持生活。听说不管什么时候，他总是一副失魂落魄的样子。冬天快要结束的某一天，有一位老朋友到小屋去探望他。两人面对面坐了好几个钟头，却只交谈了寥寥几句。

老友问他："打死克拉格的真的是你吗？"史谷堤点点头。那位老友好像恳求他似的说："那让我看看它好吗？史谷堤 。"

"你要看尽管看好了。"

史谷堤这么说着，用手指了指罩着布块的羊头。

老朋友走过去揭开那块布，不觉赞叹不已，说了许多赞美的话。史谷堤只是默不作声地听着，然后转过头来，迅速地望了望那个标本。只见克拉格那一双明亮的眼睛受到炉火的反射，仿佛很气愤似的闪着红光。

"你看够了没有？如果看够了，赶快把它罩起来吧！"

老朋友见他这么大的反应，于是很诧异地问："哦，史谷堤，你既然对这件事感到不安，为什么不干脆卖掉它呢？那个纽约人要我给你带话，不管多少钱，他都愿意买。"

"不要再说了，我说不卖就是不卖！我不愿意跟它分开。你想想看，当初我历尽千辛万苦，追踪了那么久才得到它，现在它也以同样的方法不断地跟踪我，直到向我报了仇才会罢休……四年啊，四年来它一直都在向我报复啊！首先，它在那段长长的追逐生涯中毁掉了我的健康，使我变成一个孱弱不堪的老头；然后，又使我变成一个半疯子一样的废人；现在，它更像是在吸取我有限的生命似的，不停地逼迫着我、跟踪着我。告诉你吧，挂在这里的不只是它的头！不瞒你说，连那顽固的西风一吹来，我都会听到跟风不一样的另一种声音！西风带来了它从前发出过的长长的呼吸声，我们已经开始再度正面交锋了，我们将要争斗到底！是啊，就在这间破旧的小屋里……”

就在那天晚上，西风夹杂着大片的雪花，剧烈地吹刮着，在史谷堤的小屋周围，“咻——咻——”不断地怒吼。

如果那是普通的风声，这位老朋友也不会在意。可是有一两次，它真的发出了很长很奇怪的声音，从门的缝隙中吹了进来，让那门闩“啪啦啪啦”地不断作响，将那块罩在克拉格头上的布猛烈吹动着。

史谷堤露出了害怕的神色，向老友瞪了一眼。用不着他说什么，老友的脸色已经变得非常苍白了。

第二天清晨，雪依旧不停地下着，老友也告辞离去。强劲的西风夹带着白茫茫的雪，从早到晚不停地吹刮，而且越来越猛烈，覆盖在地面上的雪也越来越厚。

到了这天晚上，风势显得更加强劲，从这个山峰到那个山峰，像幽灵一样来回飞跃。天哪，那不是空气在飘动，而是像古希腊人和印度人所说的，是创造并且爱护万物的有灵魂的造物主！

它像是强有力的天神，疯狂地袭击而来，又像是动怒的天使，吹奏着复仇的号角；那号角声仿佛胜利者的凯歌，歌里

这样唱着：

我是自然界的母亲，

现在让你知道我的厉害，

风儿，雪儿，你们快快来！

母亲今天要施展神威！

这首复仇之歌传遍了四方。四面的山峰仿佛接到一项光荣的命令而同时行动了。在风的强烈吹刮下，雪的形状也变了，有时化成一片湖，有时又把这片湖填满。仿佛真的有一个天使，在暗中奔走指挥，它们堵塞了原来的河道，把水流送到干燥的地带，这是天使带来的恩惠。可是在甘达峰下，厚重的雪块好像负有报复的任务一般打着漩涡，山崩地裂似的发出轰隆隆的巨大响声。它们不断地向下奔跑，从山脊到岩棚，又从岩棚到长长的斜坡，气势汹涌地奔腾滑落而下，冲倒了阻碍在前面的森林，又滚落到山崖险要的山坡上。

往下、往下，越来越快、越来越猛烈，像要冲倒世间的一切似的，一泻千里地崩落下去！

史谷堤的小屋正好位于山雪下滑的道路上，转眼房屋连同家具都被打得粉碎，一切都毁灭在无形之中。史谷堤早就料到会有这么一天。是啊，克拉格的西风妈妈，终于来报仇了！

春天迈着舒缓的脚步姗姗而来。史谷堤小屋附近的平地上遍地都是从高原上滚落下来的岩石。间断飘落的春雨多多少少冲融掉山崩之后的雪堆，被毁坏的小屋也渐渐显露出来。在那片废墟中央，甘达峰的大角公羊克拉格的头，丝毫也没有受到损伤地躺在那儿，琥珀色的眼睛依旧在那伟大的羊角下散发出灿烂夺目的光芒。就在那羊头底下，散落着一堆骨头、破烂的衣服和灰色的头发。

过了很久，关于史谷堤的故事已经被人遗忘，可是克拉格的头至今还被陈列在宫殿的墙上，成为国王最喜爱的宝物之一。凡是到这宫里来参观的人，都会兴致勃勃地谈论起那只光荣的甘达峰大角公羊的故事……

白尾兔豁豁耳

豁豁耳是一只兔子的名字，可想而知，这个可爱的名字得自于它那只被扯豁了的耳朵。那是它第一次冒险时留下的终身难忘的印记。

豁豁耳是一只兔子的名字，可想而知，这个可爱的名字得自于它那只被扯豁了的耳朵。那是它第一次冒险时留下的终身难忘的印记。豁豁耳和它的妈妈住在奥利芬特的沼泽地里。正是在那里，我结识了他们，并想方设法地收集了一些关于他们的零散传闻，最终使我写成了这篇故事。

那些对动物抱有隔阂感的人们，可能会觉得我把这些小动物过于人格化了；而那些喜欢接近他们的人，则多多少少了解他们的一些习性和思想，自然就不会对我的行为表示费解了。

当然，兔子没有我们人类能听懂的语言，但他们自有一套沟通的方式，他们通过声音、记号、气味、胡须的触碰和行动，以及能起到类似语言作用的办法来传达思想。所以，在读这篇故事的时候，大家千万不要忘记，我只不过把兔子的语言转换成了我们能听懂的语言，而我，不曾说过他们不曾说过的话。

豁豁耳的妈妈把豁豁耳好好地藏在他们的安乐窝里，沼泽里茂盛的野草把窝巧妙地隐藏起来。妈妈出门前，用一些垫草盖住了儿子的半个身子，然后跟往常一样叮嘱它道："不管外面出什么事，只管趴下别吱声！"豁豁耳就这么蜷缩在床上，却没有一点困意，亮闪闪的眼睛将它头顶上的那一小块绿色的世界看得清清楚楚。

蓝背鸟和红松鼠这两个臭名昭著的小偷，这时又在互相指责对方偷了自己的东西。有那么一段时间，豁豁家附近的灌木丛成了他们吵架的主战场。还有，在离豁豁耳鼻子六英寸的地方，一只黄色的小鸟正捉住了一只蓝蝴蝶，一只红黑色的花瓢虫正悠

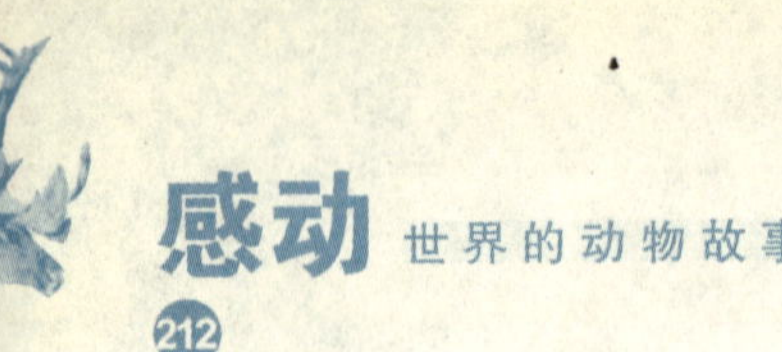

闲地晃动着它的触角，沿着一片草叶往上爬，然后，又从另一片叶子上爬下来，经过了豁豁耳的家，从它的脸旁边爬过去 。

当这些小生物各顾各地生活着时，我们的豁豁耳却纹丝不动地躺在窝里，连眼睛都不眨巴一下。

又过了一会儿，它听见附近的灌木丛传来一阵树叶的沙沙响。这声音不但持续不断，而且古怪异常，一会儿听到在这边，一会儿却又跑到另一边去了。但无论如何，那声音正在慢慢接近，却没有伴着通常会有的脚步声。豁豁耳出生已经三个星期了，至今为止，它一生都生活在沼泽地里，却从来没有听见过这样的怪声音。对于一个孩子而言，这可是极大的刺激它的好奇心的事情。妈妈虽然嘱咐过它要老老实实地趴着，但它觉得这没有什么危险，更不觉得这有什么害怕的。

低哑刺耳的声音从近处经过，忽左忽右，一会儿仿佛转回来，一会儿又仿佛离开了。豁豁耳觉得自己可以做点什么，它可不是个小不点儿了，出去看看发生了什么情况也无可厚非嘛。这时，它毛茸茸的小腿慢慢把那胖墩墩的身子撑起来，圆圆的小脑袋顶开了遮窝的杂草，开始向林子里张望。可是它一动，那声音就马上停止了。它什么都没看见，于是就往前再走了一步，想看得再清楚一些。这时，它才发现自己的面前原来是一条黑蛇。

猛的，那怪物朝它冲了过来，它吓得大叫一声“妈妈”，使尽全身的力气想跑开。可是那条蛇实在太厉害了，闪电般地咬住了它的一只耳朵，跟着就把它缠了个严实，垂涎欲滴地盯着这只马上就要成为自己腹中物的小兔崽子。

这个怪物不慌不忙地开始把豁豁耳往死里缠，可怜的小兔子奄奄一息地叫着“妈妈”，用不了多久这求救声也要停止了。这时迟那时快，兔妈妈突然像离弦之箭一样穿过树林跳了出来。这时的它已经不再是那只见了影子就只顾着逃走、胆小怯懦的小白尾兔毛利了，母爱赋予了它无穷的勇气，于是，它纵身一跳，从那条可怕的巨蛇身上跃过。身体跳过蛇身上时，它用自己尖利的后爪狠狠地抓了那蛇一下。那家伙正美的时候突然挨了这么一下，疼得身子直扭，咝咝直叫。

“妈—妈，”小兔子豁豁发出微弱的求救声，兔妈妈更是不顾一切地要救自己的孩子。它飞快地在巨蛇身上跳来蹦去，把那怪物折腾得够戗。最后，这个可恶的家伙终于松开了小兔子的耳朵，打算趁兔妈妈来回跳个不停时咬它一口。可是，兔

妈妈的动作实在是太快了，每次它都只能咬到一嘴的兔毛。毛利猛烈的攻击已经初见成效，大蛇的背上已经被撕出了一条长长的口子。

形势开始对黑蛇不利，它集中精神准备对兔子妈妈再发动一次袭击，所以干脆松开了豁豁耳。小兔子马上从蛇的身子的缠绕中挣脱出来，连爬带滚地跑进了灌木丛，上气不接下气，魂儿都快吓掉了。除了左耳朵被那条可恶的蛇扯破外，幸好没有别的损伤。

毛利眼看目的达到，也无心恋战，它也嗖地钻进了树林，雪白的尾巴就像闪亮的指示灯，小兔子豁豁耳就跟在它身后，直到母子全都逃到沼泽地里一个安全的角落，这次历险才终于结束。

奥利芬特是一片古老的沼泽地，崎岖不平，荆棘丛生。有一片湖沼和一条溪流从中穿过。古老的森林里多数的树都已枯干，横陈在灌木之中，此外还残留着一些参差不齐的树木。

湖沼周围长满了细柳和芦苇之类的东西，猫和马之类的动物总是绕道而行，只有身躯较大的牛不害怕。稍干的地带还长满了荆棘和小树，与外面的田野相连。那里也长着枝繁叶茂的小松树，树干上还渗着胶液。这些松树摇落的活针叶和落到地上的死针叶散发出缕缕清香，沁人心脾。但是，这种香味对于那些与他们争夺土地养料的其他树苗却是致命的。

这片沼泽的周围就是一望无际的旷野，那上面惟一的足迹是由住在附近的一只狐狸留下的。与其他的野生动物相比，这只狐狸真是品质恶劣到极点，无耻之极。

毛利和豁豁耳就是这块沼泽地的主要居民。他们最近的邻居也离得老远，很少往来。而那些亲属也都死了，只剩下他们两个。这里就是他们的家，他们在一起生活，豁豁耳接受妈妈的训练，毛利悉心照顾着孩子。

说到毛利，真是一位很好的小妈妈。抚养孩子虽然是第一次，却真是体贴入微无所不至。就如前文所说的，豁豁耳学到的第一套本领就是“趴下，别出声”，这在它与黑蛇的遭遇中已经印象无比深刻。豁豁耳永远也忘不了这个教训，从此之后都照着妈妈说的去做，这样就使别的一些事情显得容易多了 。

豁豁耳所学的第二课就是“呆着”，这当然是从第一课的内容中引申出来，所以一会儿就学会了。

“呆着”就是什么都不做，像个木头似的不动。一只训练有素的白尾兔，一旦发现附近有敌人，不管它在干什么，马上就会原地停下，一动不动地呆在那里。因为生活在树林里的动物和植物形成了保护色，只有在活动的时候才会被发现。所以，如果仇人狭路相逢，先注意到对方的一个肯定就会立即“呆着”不动，这样就有了主动选择进攻或者逃跑的有利条件。只有森林里的居民才明白这么做的重要性，每一个野生动物和猎人都必须学会这种本领。虽然大家都具有这种本领，可如果要说起身体力行，恐怕谁也比不上白尾兔毛利。

毛利妈妈是用示范的方法教会自己的孩子的。当它带着白棉花似的尾巴忽闪忽闪地穿过树林时，豁豁耳就使出吃奶的劲儿追它；可一旦毛利停了下来，模仿的天性又使豁豁耳做出同样的动作——“呆着”。

但豁豁耳从妈妈那里学来的最好的本领还不是这个，而是关于荆棘丛林的秘密。这是森林里一个非常古老的秘密。为了弄清楚这个秘密，大家首先要知道，为什么荆棘林要跟动物们过不去。

很久很久以前，玫瑰本来是长在不带刺的灌木上的。但是麻雀和老鼠总是爬上去摘花儿，牛总是用角把花儿抵掉，负鼠则用自己的长尾巴把花儿扫下来，鹿还用尖利的蹄子去踢那花儿。就是因为有这么多动物欺负它，所以小灌木才用又长又尖的刺把自己武装起来，保护它的玫瑰花，并向所有爬树的、长角的、有蹄子的或者有长尾巴的动物宣战。这样一来，就使得荆棘只能和白尾巴兔毛利和平共处。因为它既不会爬树，又不长角，还没有蹄子，简直可以说是没有尾巴。

事实上，白尾巴兔也从来没有伤害过生长在荆棘上的玫瑰花。玫瑰由于树敌过多，所以跟兔子特别要好。当可怜的小兔子遇到危险时，就会飞奔到最近的荆棘丛中，让荆棘丛那千千万万把锋利而有毒的匕首来保护他。

所以，豁豁耳从妈妈那里学来的秘密便是："荆棘丛是你最好的朋友。"

对于豁豁耳而言，那个季节的很多时间都花在熟悉地形和荆棘丛里弯弯曲曲的小路上了。豁豁耳聪明极了，它可以通过两条不同的路径在沼泽里四处活动，无论在哪个地方，都不会离开那些友好的荆棘丛五步远。

不久，白尾巴兔的敌人又发明了一种新的荆棘，并且把它裁成一条条的长线遍布整个地区，这使得森林里的动物非常厌恶。因为这种荆棘很坚固，不管什么动物都没办法把它拉扯下来，而它那锐利的刺连最坚韧的皮也能划破。这种荆棘一年比一年多，对这些野生动物造成的问题

也一年比一年严重。但是白尾巴兔毛利并不害怕它，它没有白在荆棘丛中生活这么长时间。对于狗和狐狸，牛和羊，甚至连人类自己，这种荆棘都有可能伤害到他们。可是只有毛利了解这种荆棘，并且在它的保护下愉快生活，茁壮成长。它蔓延得越远，白尾兔的安全地带就越广。

这种可怕的荆棘有一个名字：带刺的铁丝网。

毛利现在没有别的孩子需要照看，所以豁豁耳得到了它全心全意的呵护。它不仅长得健壮，而且敏捷机灵得非同一般，还有许多不寻常的遭遇，使得它的生活过得十分丰富多彩。

这个季节，毛利妈妈督促孩子埋头钻研足迹的学问，并学习该吃什么，该喝什么，什么东西不该碰等等。兔妈妈天天辛苦地训练豁豁耳，教给它许多有用的本领，这些都是它在自己生活中经验的总结，或者早年所受的训练在脑海里留下的深刻记忆。同时，它还用那些对他们生活有用的知识来武装豁豁耳。

在苜蓿地或者灌木丛中时，豁豁耳紧挨着兔妈妈蹲着。如果妈妈翕动着鼻子，“保持嗅觉的畅通”，那它也会跟着一起这么做。它还会从兔妈妈嘴里扯出一点点食物，或者尝尝妈妈的嘴唇，确定自己是否吃着跟妈妈一样的东西。它还模仿兔妈妈，学会了用爪子梳理耳朵，整理“外衣”，从“衬衣”和“袜子”中把那些刺儿咬出来。它还知道，只有灌木丛上的露珠才适合兔子喝，因为水一接触到土地就会沾染上脏东西。

就这样，豁豁耳开始学习那门最古老的科学——森林知识。

豁豁耳一长大，能够单独外出时，妈妈就把兔子间的通信密码教给了它。原来，兔子发电报的方法是用后爪在地面上扑腾，声音会沿着地面传出很远。比如说，离开地面六英尺的扑腾一声，二十码之外就听不见；可是如果接近地面这么扑腾一下，声音至少可以传出一百码远。兔子的听觉非常敏锐，所以同样的扑腾声可以在两百码之外的地方听见。这就相当于，从奥利芬特沼泽地的这一头传到另一头的距离。这里还需要解释一下，扑腾一声的意思是“小心”或者“呆着”，慢慢地“扑腾—扑腾”意思是“来”，快速的“扑腾扑腾”的意思是“危险”，而急速的“扑腾扑腾扑腾”就是指“逃命”了。

天气晴朗的时候，蓝背鸟正在斗嘴，说明周围没有危险的敌人。豁豁耳于是开始学习一种新本领。毛利抿起双耳，示意它蹲下，然后跑到远远的灌木丛中，发出“来”的扑腾信号。豁豁耳跑了过去，却找不到毛利，它也扑腾一下，却没得到回应。于是它开始仔细搜索，发现了毛利的脚留下的气味，于是跟着这个奇怪的向导向前走去。臭迹是所有动物都熟悉的东西，而人对于此却一无所知。它弄清了臭迹，也就找到了毛利藏身的地方。

就这样，它学会了跟踪的第一课。他们玩的这种好像捉迷藏的游戏变成了严肃的课堂教育，在豁豁耳以后的生活中，这种追逐是少不了的。

第一期课程还没结束，豁豁耳已经学会了兔子赖以生存的主要本领，而且，在不少问题上，已经表明自己是一个真正的天才。

它善于利用树木，善于躲藏、蹲伏和滚圆木，巡视和兜圈子的功夫也异常娴熟，似乎已经不再需要什么别的本领了。虽然它还没机会亲身试过，但却知道该怎么利用那些铁丝网。因为沙子可以遮盖掉所有的臭迹，因此它还对沙子专门研究了一番。它精通变向、篱笆和急转弯，就像精通“蛰居”一样。相对而言，蛰居是一种需要更长时间学习领悟的本领，而它永远也不会忘记，“趴下”是一切智慧的源头，而“钻荆棘林”则是万无一失的绝招。

它还学会了如何识别敌人的足迹以及挫败敌人的侵犯。因为无论是老鹰、猫头鹰、狐狸、猎狗、杂种狗，还是水貂、黄鼠狼、猫、臭鼬、浣熊和人，各有各的追捕猎物的方法，针对这些敌人，豁豁耳学会了不同的对策。

至于如何判断敌人是否接近，它知道先要依靠自己和妈妈，然后就是蓝背鸟。“孩子，千万别对蓝背鸟的警告声充耳不闻，”毛利妈妈说，“这家伙总是爱挑拨离间，破坏别人的好事，一向又爱小偷小摸的，所以什么事都逃不过它的眼睛。我们是否遭到危险它才不关心呢，多亏了有这些荆棘丛，它也没办法伤害我们。可是你要记住，它的敌人也是我们的敌人，所以多注意它发出的警告声肯定没错。啄木鸟非常诚实，它一旦发出警告那就一定是真的，尽可以相信；但是和蓝背鸟比起来，它就像个大傻瓜了。虽然后者经常撒谎捉弄人，但如果它带来的是坏消息，只要你一万个相信，就一定能保平安！”

对于穿过铁丝网这一本领，需要非凡的勇气和最佳的腿力。所以，过了很久，豁豁耳才开始冒险学习关于利用铁丝网的本领。等到它年富力强时，玩铁丝网就成了它最喜欢的游戏之一了。

“对于会玩的动物而言，”毛利对孩子说，“首先，你得诱惑追你的狗毫无顾忌地直扑过来，把它撩得心急火燎的，眼睛里除了你什么也看不到。而你呢，只能跟它保持一跳的距离，带着它在斜坡上全速奔跑。这时你就往铁丝网里躲，而它刹不住身体，肯定会冲进齐胸高的铁丝网。我见过很多狗和狐狸都因此被扎成了残废，还有一只大猎狗当场就被扎死了。但是，我要提醒你的是，也有不少兔子由于方法不得当，往前冲时不小心送掉了自己的性命。”

像这样，豁豁耳很早就学会了有些兔子永远都学不会的东西。它很早就知道对于多数兔子而言最安全的绝技“蛰居”，其实并不安全。也许对一只聪明的兔子而言的确是安全的，但对一个傻瓜兔子而言，它迟早是一个死亡陷阱。小兔子总是首先想到“蛰居”，老兔子却要等到大家都失败了才肯尝试一下。不错，“蛰居”对于人、狗、狐狸或猛禽之类的敌人，算是不错的抵御方式；可一旦敌人换做雪貂、水貂、臭鼬或者黄鼠狼，那“蛰居”就直接意味着惨死！

在沼泽地上只有两个地洞。一个向阳，是南面一个草木覆盖的干土岗子。天气晴朗的时候，白尾兔就在这里享受日光浴。他们仰面八叉地躺在散发着缕缕清香的松针和鹿蹄草中间，姿势十分古怪，就像猫一样。他们在阳光下慢慢翻转着身体，像在烧烤什么似的，希望自己的身体能面面俱到地被太阳晒到。他们眨巴着眼睛，喘着粗气，看上去好像难受不堪似的，可其实，这正是他们最为享受的舒服时刻之一。

土岗子顶上是一个大松树桩子。它的根奇形怪状地盘绕扭曲着，像一条条巨龙蜿蜒在黄沙滩上。在这些有保护作用的龙爪下面，一只郁郁寡欢的老土拨鼠很久以前挖了一个窝。时间一周周地过去，它的情绪却越来越低，脾气也越来越暴躁。有一天，它等着跟一只奥利芬特狗吵架，结果耽误了回窝的时间。一个小时之后，那个窝就被白尾兔毛利占为已有了。

这个松根洞后来又被一只年轻气盛的臭鼬厚着脸皮占据了。如果它不是那么胆大妄为的话，也许还能在那里享乐天年，因为即使是带着枪的人见着它也是避之不及。所以，当它把毛利拒之洞外后，没得到什么好处，自己的统治却像一个希伯来国王一样，只维持了四天就垮台了。

另一个洞是蕨洞，位于苜蓿地旁边的一个蕨草丛里。这个洞又潮湿又小，除了当作最后的避难所，完全毫无用处。碰巧，它也是一个土拨鼠的杰作。土拨鼠对于兔子而言是个亲切友善的邻居，不过它也是个心浮气躁的家伙。它的皮通常被用来做成鞭梢，如今在奥利芬特拉车的牲口中产生着越来越大的力量。

“这道理太简单不过了，”老人这么说，“那种皮是靠偷吃来的饲料长成的，当然对牲口会产生特别的力量！”

白尾兔是如今这两个洞的惟一占有者。如果不是百般无奈，他们是不会靠近这两个洞穴的，免得踩出小路之类的痕迹把自己这些最后的避难所暴露给敌人。

就在两个洞附近，还有一个空心的山核桃树，虽然树快倒了，却依然翠绿。它的一大优点就是两头都开着洞。长期以来这个空洞都是一只独居的老浣熊罗特的住所。它公开的职业是捕捉青蛙。照理说，它应该像以前的和尚一样，不吃荤的。不过，无庸置疑，他更想有个机会能饱餐一顿兔子肉。可惜的是，在一个月黑风高的夜晚，它在潜入沼泽地里偷鸡时一命呜呼。对于毛利而言，不但没有产生丝毫的悲痛之情，反而有一种无限的欣慰之感。而那个老浣熊的安乐窝，也被毛利顺便占为已有了。

八月的早晨，太阳光蔓延在沼泽地上。万物仿佛都在这温暖的光辉中沐浴。一只褐色的小麻雀正在池塘里一根长长的灯心草上摇曳，下面是一片片的脏水，映出星星点点的蓝天。阳光把蓝天和黄色的浮萍构成一幅精美的图案，正中是小鸟的倒影。池塘后面长着的繁茂的金黄翠绿的臭菘，也在沼泽地褐色的草丛中投下了阴影。

那小麻雀的眼睛虽然没有受过训练去观赏绚丽的色彩，但是它能看见我们看不见的某些东西。在繁茂的臭菘叶子下面，有数不清的绿叶覆盖着的褐色凸起，其中两个毛茸茸的，在别的东西一动不动的时候，他们的鼻子正一个劲儿地上下翕动。

这就是毛利和它的孩子豁豁耳。他们此刻正在臭菘下面伸展四肢舒服地趴着。这么做并不是因为他们喜欢那股臭味儿，而是因为长翅膀的扁虱子无法忍受这种臭味，所以不会骚扰到他们。

对于兔子而言，并没有固定的上课学习时间，他们时刻都在学习。不过上的是什么课，就得看眼下强调的是什么了。当然，这些重点都是日后才知道的。眼下他们来这个地方只是想安静地休息一会儿，可没安静多久，那只时刻警惕的蓝背鸟就突然发出了一声警报。毛利的鼻子和耳朵立时往上一扬，尾巴也紧紧地贴在背后。原来，沼泽地的那边有只奥利芬特的大花狗，正径直朝他们跑来。

“好吧，”毛利说，“赶紧蹲下，我去把那个傻瓜引开，免得他胡闹。”说完她就向那只狗迎了上去。

“汪汪，”那只狗狂吠着，跳过去追赶毛利。可是它总是落下他一点儿，把他引诱到那个利剑如林的地方。这下可好，那只狗的耳朵被扎了个皮开肉绽，最后又被引到一个隐蔽着的铁丝网，被划开了一道血口子。它疼得嗷嗷叫，朝着家落荒而逃。这时毛利又来了个急转弯，跑了一圈才停下来，以防狗再回来捣乱。等它胜利凯旋时，发现豁豁耳正站得笔直，伸长了脖子眼巴巴地瞅着这场游戏。

这下可把兔妈妈气坏了。它用后爪狠狠踢了儿子一下，把它踢到泥滩里去了。

又有一天，他们在附近的苜蓿地里吃草，一只红尾鹰向他们猛扑过来。毛利踢起后腿跟它开了个玩笑，然后就沿着一条他们常走的小路跳到灌木丛中去了。老鹰当然不可能也追到那里去。这条小路是从滨溪林通到烟筒林的主干道，沿路长满了爬山虎之类的植物。毛利一边盯着那只舍不得放弃的老鹰，一边把这些植物往开扯。豁豁耳瞧了瞧妈妈，然后跑到前面，学着妈妈的样子，把那些挡着的爬山虎又扯掉了一些。

“这就对了，”毛利说，“要时刻留意保持道路的畅通无阻，因为你随时都会用得着的。路不一定要宽阔，但一定要畅通。就像现在这样，把那些横在路当中的爬山虎扯掉，有天你就会发现你已经破坏掉了一个圈套。”

“一个什么？”豁豁耳一边用左后爪搔着右耳朵，一边不解地问着。

“哦，圈套的样子像爬山虎，但它不会生长，比世界上所有的老鹰还要坏。”毛利说着，扫了一眼老远老远的红尾鹰。“因为他们白天黑夜都藏在路上，随时都想找机会逮住你！”

“哼，我才不相信它能真的逮着我呢。”豁豁耳说着，年轻气盛地踮起后脚跟，在一株小树上蹭了蹭自己的下巴和胡子。豁豁耳这么做当然是出于无意，可被它妈妈看见后，就意识到这是一个信号，就像男孩子的声音会改变一样，说明这个小家伙已经不再是个长不大的小不点儿了。很快，它也要长成一只成年的白尾兔了。

流水是具有魔力的东西。有谁不了解它呢？不同的人对流水会有不同的感觉。铁路工人无所顾忌地把他们的堤坝推向宽阔的泥塘、湖泊和大海，可是对那涓涓细流敬畏有加，不断研究他们的愿望和路线，满足他们的一切要求。在那些有毒的碱性沙漠里，口干舌燥的旅人们看到一个芦苇荡总是畏缩不前，可一旦发现沙丘的中心有明亮的细线，隐约听到有什么东西在流动，那他便会大喜过望地奔过去，毫不犹豫地捧起溪水便喝。

流水的魔力是任何邪恶的符咒都越不过的。汤姆·奥桑特[1]在生死攸关的时刻证明了它的魔力。野林子里的动物由于自己留下的臭迹，被死敌不知疲倦地追逃，等到他们力量殆尽，快要山穷水尽时，善良的天使就会把他们带领到流动着的活水边。于是，臭迹被流水冲散。他们冲入水中，随着清凉的溪流飘荡，等精力恢复了，便又重奔回树林。

流水的确具有魔力。猎狗们来到这里便停止了搜索，因为即使搜索也将一无所获。他们的本领被欢快的溪流破坏了，所以那些被追杀的动物依然活了下来。

这，便是豁豁耳从妈妈那里学来的又一大秘诀——“除了多刺的玫瑰，水就是你最好的朋友。”

八月的一个闷热的夜晚，毛利领着豁豁耳穿过树林。它的白尾巴在前面摇晃闪烁着，那就是豁豁耳的指路灯。它一停下来，这灯就熄灭了。豁豁耳也跟着停了下来。他们跑一跑，又停一停，听听周边的动静，不一会儿来到了水池边。树蛙正在他们头顶吟唱着“睡吧，睡吧”；远处，一只鼓着肚皮的牛蛙正站在一根半截沉入深水中的圆木上，伸出下巴到清凉的水面上，高唱着“一壶美酒”的颂歌。

“跟着我做，”毛利用兔子的语言说着，“扑通”一声跳进了池塘，用力朝沉在池子中央的那根圆木游去。豁豁耳稍微有些害怕，可犹豫了一小会儿，也跟着“哎哟”一声跳进水中。它气喘吁吁地急速煽动着鼻子，保持正常的呼吸。同时也跟着妈妈一样，从水里穿了过去。动作和在陆地上没有什么两样。这时，它才发现，自己已经学会了游泳。

它继续朝前游着，一直游到那根沉入水中的圆木一头。妈妈浑身湿透的，正蹲在圆木露出水面的一头，豁豁耳也爬了上去。周围的灯心草形成了一道天然的屏障，四面的水也不会泄露他们在此的秘密。

从此，这里成了白尾兔的又一个避难所。每当那只从泉原来的老狐狸到沼泽地里四处觅食时，豁豁耳和毛利就会注意牛蛙发出声音的地点，由此在紧急关头迅速地跑向这个池塘中间的避难所。因此，后来牛蛙所唱的歌词便成了这样：“来吧来吧，遇到危险时就来呀！”

这是豁豁耳从它妈妈那里学来的最后的本领。相对于别的兔子而言，这的确是一门研究生的高级课程，因为许多小兔子根本就没上过这门课呢！

在野生动物里，几乎没有一个动物是老死的。他们的一生迟早都会落得个悲惨的结局。问题只是在于，他们能跟自己的敌人对抗多久。但是豁豁耳却是一个例外，它的一生证明，兔子一旦过了青春期，就有可能活过壮年期。只有在生命最后三分之一的时段才有可能被杀死。而这个时间段，就是我们通常所说的老年期。

白尾兔的敌人到处都是。日常生活的绝大部分就是不停地逃避敌人的追杀。那些狗、狐狸、猫、臭鼬、浣熊、黄鼠狼、水貂、蛇、鹰、猫头鹰、人，甚至连昆虫都无时无刻地在密谋杀死他们。他们的一生，有千百次的冒险活动，一天至少有一次，需要靠腿和机智保住自己的性命。

那只前面说过的泉原狐，曾不止一次地把他们赶到泉水旁的铁丝网围成的猪圈逃命。不过，在铁丝网密布的地方，它虽然极力想抓住他们，却仍然有一次不小心刺伤了自己的腿。这下倒好，兔子倒是可以好好地把它看个清楚了。

有一次，豁豁耳遭到猎狗的追杀，但聪明的小兔子引诱猎狗跟一只臭鼬斗了起来，自己却趁机逃掉。说实话，那只臭鼬看上去虽然个头不大，却和猎狗一样凶。

还有一回，一个猎人借助猎狗和雪貂把豁豁耳给活捉了。可是豁豁耳运气不错，竟然成功逃脱。从此，它对地面上的洞穴更加的不信任。有好几次它被猫赶到水里，有好多次又遭到鹰和猫头鹰的追捕，对于这些危险，它都有一种防范的措施。它妈妈早就把这些最重要的窍门教给它了。随着它渐渐地长大，对这些窍门也逐渐加以了改进，并且还根据自己的实战经验发明创新了一些小窍门。随着年龄的增长，它的智慧也在提高，小脑瓜越来越聪明。为了求得自己的安全，它对于兔子长期依赖的腿也越来越不信任，而更是依赖自己的智慧。

在这片沼泽地附近，有一只年轻的猎狗，名叫“巡捕”。它的主人为了训练它，曾让它追踪兔子的臭迹，而豁豁耳就成了它经常追逐的对象。因为这只小雄兔跟他们一样喜欢奔跑。对于兔子母子而言，给他们日常的运动增加一点危险的调料也未尝不好。于是，就可以听到豁豁耳经常说：

“嘿，妈妈！你看那只狗又来了，看样子我今天又得跑一跑了。”

“小豁豁，你可别太冒失了！”兔妈妈时常这么回答，“我担心的就是这个！”

“但是妈妈，逗逗那只傻狗真是好玩极了。再说这也是很好的训练啊。如果把我追得太紧了，我就扑腾一下，这样你就可以过来换换我啊，我就可以趁机喘口气儿了。”

于是，它就开始跑起来，“巡捕”便追着它的臭迹不放，直到豁豁耳跑累了为止。这时，它要么扑腾一下，发个“电报”求援，让毛利把狗看住，要么就耍个小聪明把狗甩掉。下面，我就对它的一次表演做一番描述，大家就知道这个小家伙对森林求生技巧掌握得多么娴熟了。

豁豁耳知道，它的臭迹在贴近地面的地方最为明显，在它全身因为奔跑发热的时候散发得最为强烈。所以，只要它能离

开地面，有半个钟头不受干扰，让身体凉下来，便能使臭迹消散，这样就会平安无事。所以，当它被追累了时，就会跑进滨溪林的荆棘地里，在那里“兜圈子”——也就是时左时右地跑，最后，只给狗留下一条弯曲的小路追踪。狗要理出个头绪来捉它的话，肯定要大费一番周折。然后，它先跑到附近最上风方向的地方，故意留下臭迹，随后向前狂奔数米远，再原路返回至中点。随后，向垂直方向再跑上一阵，再返回到中点，故意等待猎狗追踪过来。最后，它跑回到最先上风的地方，截断自己的臭迹，然后一个蹦跳跃上高高的圆木，像个木疙瘩似的一动不动地蹲在那里。

就这样，“巡捕”被豁豁耳整得晕头转向，在荆棘丛生的迷宫里浪费了许多时间。当它最后好不容易走遍豁豁耳走过的地方，返回到臭迹消失的地点时，它只得沿着起先发现臭迹的地方再绕着圈子寻找。就这样，圈子越兜越大，到最后，它正好从豁豁耳蹲着的那根圆木下经过。但是大冷的天，已经变淡的臭迹是不会再往下扩散的。豁豁耳就这么蹲在那里，纹丝不动，猎狗就这样一无所获地过去了。

可是过了一会儿，不甘心的猎狗又绕了回来。这次它经过圆木时停下来闻了一闻。“没错，很明显是那只小兔崽子的味道！”虽然这时的臭迹早就变了味儿，但它还是爬上了豁豁耳藏身的圆木。

考验豁豁耳的时刻到来了。大猎狗“巡捕”一边嗤嗤地嗅着气味儿，一边顺着圆木走了过来。但是豁豁耳仍然能沉住气，风向也正好，它打定主意要等“巡捕”走到圆木中央，然后撒腿就跑。但是那狗没有过来。连一只杂种狗都能看见兔子蹲在那儿，偏偏这只猎狗却没看见。而且此处的臭迹也稀疏了很多，“巡捕”无精打采地嗅了一会儿，终于从圆木上跳了下去，悻悻地走了。

豁豁耳赢了！

从出生到现在，除了妈妈，豁豁耳还没见过别的兔子。实际上，它根本就没有想过，除了自己和妈妈还有别的兔子存在。如今，它离妈妈越来越远了，却从来没有孤独的感觉。因为作为一只兔子，并不是那么渴望时刻有伙伴相随。但是在十二月的一天，在红山茱萸林子里的一条通往大滨溪林的路上，它突然看见山坡向阳的那面，天空映照出一只陌生的兔子脑袋。那个新来者很快发现了豁豁耳的存在，喜出望外地沿着豁豁耳开辟的道路，来到了这片沼泽地。

豁豁耳的心头突然涌起一种前所未有的感觉，那是怒火冲天和恨之入骨的感情交织在一起的奇特感受。这种感情的混合物姑且可以称作嫉妒。

此刻，这位新丁就停在豁豁耳的一棵“摩擦树”旁边——那是它经常踮起后脚跟直立起来，把脑袋尽力往上伸，抵住树干摩擦下巴颌儿的地方。当然，它这么做纯粹是因为它喜欢，但是几乎所有的牡兔都会这么做，因为这么做的同时还可以达到几个目的。这相当于给这棵树挂上了一家兔子的招牌，别的兔子看见了就知道这块地方已经属于某个兔子家族，不许外族再来定居了。同时，它也使得后来的兔子可以根据臭迹判断先来的那只兔子是不是自己认识的。而摩擦点的高低，也可以显示出兔子的身高和大致的年龄。

现在最让豁豁耳感到厌恶的是，这位新丁竟然比自己要高一个头，而且是一只更强壮的大牡兔。这可是前所未有的经历，使豁豁耳浑身充满了一种莫名其妙的感觉。一股杀气顿时从它心中油然而生。虽然它嘴里什么都没有，却使劲地开始咀嚼，它又往前跳了一蹦子，跳到一块平滑坚实的地面上，慢慢地发出了三下信号：

“扑腾扑腾扑腾”，这意思就是说：“马上从我的沼泽地里滚出去！要不然的话，就拼个你死我活！”

只见那位新丁把双耳竖成了一个大大的V字形，直撅撅地愣了几秒钟，然后，把前脚放了下来，在地面上发出了更为响亮的三声信号：“扑腾扑腾扑腾”。

就这样，他们互相宣战了。

两只兔子走捷径从斜线迎到了一起，双方都力图在第一回合占到上风，于是都瞅着看有什么有利时机。

那个新丁是个体格健壮、肌肉发达的大牡兔。当豁豁耳站在低处时，它的前腿就经常闪失，无法靠近对手。这么一两次闪失足以显示出它不够灵活，仅仅是指望靠自己的身高和体重来取胜。最后，它干脆扑了上来，豁豁耳也不甘示弱地迎了上去。他们冲到了一起，跳了起来，用后脚出击。砰砰几声，他们干上了！可怜的小豁豁耳，因为身体的差距被撞倒在地，转眼间新丁的牙齿已经快逼近了它的身子咬起来。豁豁耳还来不及翻身，几撮毛就被咬掉了。但它毕竟腿脚灵活许多，一旦挣脱开，马上又积蓄力量重新扑上去。但再次被打翻在地，还被狠狠地咬了几口。很明显，它似乎不是敌人的对手，马上就要面临一个不得不面对的问题——逃命。

尽管受了伤，它还是一蹦一跳地跑开了。新丁一看这架势，哪里肯轻易放弃，下定决心要把豁豁耳彻底从它的老家沼泽地撵出去。但豁豁耳的腿很有力，体力更是充沛。新丁虽然个头大，但后劲不足，很快就放弃了追赶。这对于受伤的豁豁耳而言，可是求之不得的事情。因为它也很累了，而且还受了伤。

从那天起，豁豁耳的恐怖时期就开始了。因为它跟着妈妈一直学习的是如何逃避猫头鹰、狗、黄鼠狼和人等敌人的追杀，却从来没学过遭到一只兔子的袭击应该怎么办。现在它惟一知道的就是，遇到危险就趴下，一旦被发现，就迅速逃走。

毛利小妈妈可被吓坏了。它帮不了豁豁耳，只有找个地方躲起来的份儿。可这只大牡兔很快就发现了它的藏身之所。它试图逃走，可它已经没办法再像豁豁耳一样腿脚灵活敏捷。那新丁虽然无意要杀它，可是想向它求爱，一看到它想逃跑，就死缠烂打地纠缠不休。它到哪儿这家伙就跟到哪儿，天天如此，可把兔子妈妈烦透了。

而这个可恶的家伙因为求爱不得，对毛利开始憎恨起来。经常抓住它把它掀倒在地，狠狠地将它身上柔软的兔毛扯上几口，一直到怒气平息才把它松开一会儿。对于它而言，主要目的就是杀死豁豁耳，取得对这片沼泽地的占有权。所以，豁豁耳的逃跑几乎是没什么希望了。除了这片沼泽地，它没别的地方可去。就连打盹休息的时候，也要时刻做好逃命的准备。每天总有十多次，那个大块头要偷偷摸摸地来到它睡觉的地方，虽然每次豁豁耳都能化险为夷，但逃不逃对于它而言其实都是一回事。因为小命虽然是保住了，可是已经活得太辛苦了。它无依无靠地四处流浪，眼看着自己的小妈妈每天遭受欺辱却不能上前救助，而那些它最喜欢的草地和安乐窝，以及长时间以来辛辛苦苦开辟出来的兔子专用道路，统统都被这只可恨的畜生抢走了。这可真是把它给气疯了！不幸的豁豁耳逐渐认识到：胜者为王，败者为寇。那只自己的同类，其实比狐狸和雪貂还可恶！

怎么才能结束这噩梦般的日子呢？奔跑、警戒，吃不好，睡不香。小兔子豁豁耳逐渐消瘦下去。同时，由于长期遭受迫害，毛利妈妈的体力和精神也垮了下来。那个大块头新丁还在竭尽全力除掉豁豁耳这个心腹大患，最后竟然堕落到不惜触犯兔子世界里滔天大罪的地步！原来，不管兔子之间有多么的憎恨，在遇到共同的敌人时，所有的兔子都会摒弃前嫌共同抗敌。可是有一天，当一只巨大的苍鹰从沼泽地上空猛扑过来时，那个大块头竟然把自己藏得好好的，却一次次地想把豁豁耳赶到空旷的草地上去！

有一两次，那只老鹰眼看着就要抓住豁豁耳了，最终还是因为荆棘丛的保护使它获救。只有当大块头自己遭遇危险时，才放弃了追逐豁豁耳。豁豁耳又一次逃脱了，但是情况却没什么好转。它下了决心，只要情况允许，第二天就带上妈妈一起离开这里，到外面的世界闯荡一番，找一个新的安身立命之处。正在这时，它听见猎狗老雷正在附近嗤嗤地嗅着觅食，于是它决定孤注一掷赌一把。它故意从猎狗眼前经过，随即与猎狗展开了一场迅猛的追逐。他们绕着沼泽地跑了整整三圈，直到豁豁耳肯定自己的妈妈藏得很安全、而它的仇人还呆在原来的窝里时，冲进了兔子窝，向大块头展开了突然袭击。

“你这卑鄙的家伙！我一定要宰了你！”大块头被豁豁耳用后腿踢了一下，怒不可遏地大叫一声。谁知道转眼就发现自己正处在豁豁耳与猎狗的追逐之间，成了这次追逐的替死鬼。

猎狗老雷汪汪叫着，紧跟着自己寻来的臭迹追上来。这只

大块头兔子虽然在重量和个头上超过了豁豁耳，但此刻却成为自己致命的弱点。它会的本领实在不多，只有一些小兔子懂得的伎俩，在被猎狗疯狂的追杀过程中，完全施展不出来任何办法 。

眼下进行的是一场全力以赴的生死竞赛。带刺的玫瑰对所有的兔子都一视同仁，十分友好。这次当然也尽了力保护他们。可是似乎没什么用处，猎狗汪汪叫个不停，灌木丛的哗啦声和每一次荆棘丛划破猎狗皮肤时它发出的狂吠声，都传到两只缩成一团的兔子耳朵里。可是突然间，所有的声音都停止了。然后传来一阵扭打声，接着就是一声可怕的惊声尖叫!

豁豁耳知道这声音意味着什么。它不禁打了个冷战，但等到这一切都过去之后，它很快就忘掉了这段经历。经历了这场恶斗之后，它再一次成为这块亲爱的沼泽地的主人，它感到由

衷的欣慰和自豪。

对于奥利芬特沼泽真正的主人——老奥利芬特而言，无疑是有权烧掉沼泽地东部和南部所有的灌木丛的，也有权清楚泉水附近那个铁丝网围成的破猪圈。这样一来，豁豁耳一家的日子就不太好过了。因为他们失去了各个住宅和哨所还有安全避难所。

长期以来，他们拥有着这片沼泽地，渐渐觉得这里的每个犄角旮旯都是自己的领土。甚至连那些奥利芬特的房屋也不例外。所以，即使有别的兔子出现在临近的地方，也会激得他们无名火起。

他们对自己权利的要求，就是要长期地占有这片领土，与大多数的国家对领土的要求一样。

一月，解冻季节。奥利芬特一家把池塘周围的大片树林都砍掉，眼看从四面八方蚕食鲸吞兔子的领地。但是，白尾兔依然坚守这片日趋缩小的沼泽地。对于他们而言，这是他们自己的国家，没谁愿意离开自己的国家漂流异地。他们仍然过着成天提心吊胆的日子，依然保持着腿脚利索和聪明机灵。最近，坏事接连不断，一只水貂又逆流而来，打破了他们难得的宁静，似乎是一种神秘的力量将这个令人不快的访客带到了奥利芬特的鸡舍里来。兔子们还不太肯定自己是否受到跟踪，眼下，他们也用不着地洞了，因为无疑地洞已经成了危险的死胡同。他们只能比以前更加的接近那些剩余的荆棘丛和灌木林 。

第一场雪下过之后，到现在天气一直还算暖和。毛利最近总是觉得有点不太对劲儿，似乎是感染上了风湿病，于是便在低矮的灌木丛中寻找一种叫做茶毒的补药。而豁豁耳呢？它正在这好天气里蹲在东边的一个斜坡上，享受着这柔软的阳光。

从奥利芬特家那熟悉的烟囱里冒出了缕缕炊烟，弥漫到下风处的丛林，形成了淡蓝色的烟霭，在灿烂的天空映衬下，变成了暗褐色。被阳光镀成金色的山壁被堤坝一样的荆棘丛拦腰截断，这样一来，阴影中的紫色便像火红色的桶条和阳光下的金子那样，熠熠闪耀。房屋那边的谷仓，此刻也像诺亚方舟一般巍然屹立。

从谷仓那边传来的声音，尤其是炊烟中夹杂的缕缕芳香，告诉豁豁耳，仓院里的动物们正在吃白菜呢。一想到这种美味的食物，豁豁耳就馋得口水直流。他眨巴着眼睛，鼻子一抽一抽地拼命吸着白菜的香气。因为对于爱吃白菜的它来说，已经在头天的夜里去仓院里搜寻过一点儿零星的苜蓿叶子吃了。聪明的兔子是不会一连两个晚上去同一个地方觅食的。

所以豁豁耳接下去干的就是只有聪明兔子才会干的事儿。它跑到闻不到白菜香味的地方，把从草垛上吹下来的一簇干草当作了晚餐。正当它打算找个安全的地方过夜时，毛利妈妈来了。它吃过了荼毒，随后在阳坡上吃了点甜桦，也算是解决了一顿晚餐。

这时，太阳已经下班了，随身带走了它播洒的金色光芒。东方远远地推来了一扇大百叶窗，并且越升越高。渐渐的，它遮住了整片天空，把所有的光明都关在了外面，给世界留下了一片阴暗。接着，另一个捣蛋鬼——风，趁虚而入，开始一场恶作剧的表演。天气转眼越来越冷，似乎比大雪覆盖地面时还要恶劣。

“真是冷得要命啊，妈妈。要是我们有像烟囱那样的灌木丛该多好啊。”豁豁耳无奈地发着感慨。

“还是在松根洞里好好过一夜吧，”毛利回答说，“可是我们没有在谷仓上面看见那只水貂的皮呢，看样子还不安全啊 。”

那个空心的山核桃树也不见了，其实这会儿它正躺在堆木场上的树干里，正窝藏着那只让兔子母子害怕的水貂呢。这时，兔子蹦蹦跳跳地来到了池塘南边，选了一个灌木丛，爬到下面准备舒服地过上一夜。他们的脸迎着风，鼻子却朝着不同的方向，这样一旦遇到危险就可以向不同的方向跑开。一个又一个钟头过去了，风刮得越来越猛烈，也越来越冷。半夜的时候，一场冰雪啪嗒啪嗒地下了起来，打在枯叶上，嗖嗖地飞进了兔子休息的灌木丛里。这实在不是个适合狩猎的晚上，可那只从泉原来的老狐狸还在外面守着呢。这家伙在沼泽地的掩护下迎风而来，打算在灌木丛的庇护下碰碰运气。恰巧，它闻到了正在睡觉的白尾兔的气味。它稍微停了片刻，便偷偷摸摸地朝灌木丛走过来，它的尖鼻子正告诉它，那些兔子正蜷缩在那儿呢。

在风雪的声音掩盖下，它可以无声无息地接近毛利。等毛利听见它在枯叶上发出的脚步声时，它已经走到了毛利眼前。毛利碰了碰豁豁耳的胡须，当狐狸正要扑过来时，两只兔子都醒了。幸好他们在睡觉时也保持着随时蹦跳的准备，所以迅速地冲进了迷眼的暴风雪。狐狸扑了个空，仍然在后面穷追不舍，而豁豁耳却朝着另一个方向逃去。

毛利此时只有一条路可以走，就是顶风前进。它拼命一跳，刚刚跳过了那个尚未结冰的泥沼。而狐狸一旦走到上面就会陷下去。毛利一口气跑到了池塘边，现在连拐弯的余地都没有了，只好照直前进。

它在草丛中前进，然后跳进深水里。那只老狐狸也紧跟着跳进水中。但是在这样寒冷的夜里，它有些吃不消了，所以又转身回去。而毛利看见眼前只有一条路可以走，便奋力穿过芦苇丛进入了深水区，全力向对岸游去。可是风刮得正猛，冰冷的细浪冲击着它的脑袋。水里夹杂着雪花，像软冰和浮泥一样，挡住了它的去路。对岸陆地那条黑线看上去还很远很远，说不定那只狐狸还在那里等着它呢。

它抿起耳朵，减小一点风的阻力，竭尽全力迎着风浪前进。它在冰冷不堪的水里游了很长一段距离，渐渐感到疲惫不堪。眼看着就快要游到对岸了，却有一大片雪挡住了它的去路。这时，对岸又传来一声狐狸似的奇怪的声音，顿时使它丧失了所有力气。水流随即把它冲了很大一段距离，才算把眼前飘雪的阻挡摆脱了。

它再次鼓足勇气向前游，可是速度慢了许多。等它好不容易到达高高的芦苇丛，找到一个栖身之所，它的四肢已经完全麻木了，力气也差不多耗尽。那颗勇敢的心也开始下沉，使得它再也顾不上狐狸是不是在那里了。虽然它已经到达了芦苇丛，但它的进程一旦在芦苇丛中动摇变慢，那虚弱无力的划水动作就很难再把它送到岸上的陆地了。它的周围已经结起了冰，完全挡住了它的去路。没过多久，它那冰冷衰弱的四肢就无法动弹了。白尾兔妈妈毛茸茸的鼻尖不再翕动了，浅褐色的眼睛终于无力地闭上。

可其实，并没有什么狐狸垂涎三尺地等着撕咬它。豁豁耳逃开敌人的第一次袭击后，就跑回到跟妈妈分手的地方打算帮帮妈妈。半路上它遇见了那只绕着池塘想抓毛利的狐狸，于是把它引到了很远的地方，接着把它引到了铁丝网上，脑袋被划了一条长长的血口子。这才算彻底把那老狐狸甩掉了。它回到岸边，又是跟踪臭迹，又是扑腾，却无济于事。它再也找不到自己的小妈妈了，永远也不知道它的去向。因为它正在它终生的朋友——那永不泄露秘密的水的怀抱里，安静沉睡。

可怜的毛利，它可真是个兔子中的巾帼英雄，也是那数不清的千万个巾帼英雄中的一个。这些英雄在他们自己小小的世界里，竭尽全力地努力生活，直到最后死去，从来没有想过要做什么英雄。他们的一生打过无数场漂亮仗，毛利正是这样的好榜样。现在虽然它已经死去，可它身体的一部分——豁豁耳仍然活着，并通过它，给种族遗传了一种更为优良的品质。

这以后，豁豁耳依然在沼泽地里生活。老奥利芬特在那年的冬天死去了，那些不知节俭的子孙们不再清理沼泽地，不再修理铁丝网，于是沼泽地成了一个比以往更宽阔的天地。新树和荆棘长起来了，倒下的铁丝网为白尾兔建造了许多堡垒和最后的避难所。狗和狐狸是不敢轻易袭击他们的。

豁豁耳一直活到了现在。它已经长成一只健壮的大牡兔，对任何对手都无所畏惧。它也有了自己的大家庭，有一个谁也不知道从哪儿娶到的漂亮妻子。现在我们都知道了，在接下来的许多年里，它将和它的子孙在那里继续繁衍生息。如果你也懂得了他们的信号密码，无论在哪一个阳光灿烂的黄昏，都可以看见他们。只要在地面上选择一个好地点，你就能了解他们是怎么扑腾以及给同类发信号的！

1 苏格兰诗人彭斯的一首同名叙事诗里的主人公。诗中写到汤姆被一群妖精穷追不舍，最后他骑的驴拼命冲过了桥，才把妖精甩开。原诗是这么写的："只要冲到桥中间，你就可以不用怕 / 妖精遇河即止，见了流水就发傻。"